ESPINOSA

ESPINOSA

LIVIA GARCIA ROZA

FARIA E SILVA

Rio de Janeiro, 2025

Espinosa

Faria e Silva é uma empresa do Grupo Editorial Alta Books (STARLIN ALTA EDITORA E CONSULTORIA LTDA).

ISBN: 978-65-81275-90-7

Impresso no Brasil — 1ª Edição, 2025 — Edição revisada conforme o Acordo Ortográfico da Língua Portuguesa de 2009.

Dados Internacionais de Catalogação na Publicação (CIP)
(BENITEZ Catalogação Ass. Editorial, MS, Brasil)

G216e
1.ed. Garcia-Roza, Livia
Espinosa / Livia Garcia-Roza. – 1.ed. – Rio de Janeiro : Faria e Silva, 2025.
112 p.; 13,5 x 20,5 cm.

ISBN 978-65-81275-90-7

1. Ficção brasileira. I. Título.

01-2025/113 CDD B869.3

Índice para catálogo sistemático:
1. Contos : Literatura brasileira B869.3
Aline Graziele Benitez – Bibliotecária – CRB-1/3129

Faria e Silva é uma Editora do Grupo Editorial Alta Books

Produção Editorial: Grupo Editorial Alta Books
Diretor Editorial: Anderson Vieira
Editor da Obra: Rodrigo Faria e Silva
Vendas Governamentais: Cristiane Mutüs
Gerência Comercial: Claudio Lima

Produtora Editorial: Milena Soares
Revisão: Carol Colffield; Paulo Aragão
Diagramação: Junior Santos
Capa: Paulo Gomes

ALTA BOOKS
GRUPO EDITORIAL

Rua Viúva Cláudio, 291 — Bairro Industrial do Jacaré
CEP: 20.970-031 — Rio de Janeiro (RJ)
Tels.: (21) 3278-8069 / 3278-8419
www.altabooks.com.br — altabooks@altabooks.com.br
Ouvidoria: ouvidoria@altabooks.com.br

Editora
afiliada à:
abdr
ASSOCIADO CBL

Em homenagem à literatura de Luiz Alfredo Garcia-Roza.

SUMÁRIO

PREÂMBULO

Moro sozinha, no décimo andar de um edifício na avenida Rui Barbosa, rodeada por livros, numa espécie de biblioteca, em frente ao Pão de Açúcar, no Rio de Janeiro. No lado oposto à minha rua, descortina-se o bucólico bairro da Urca. A vista da janela da frente de meu apartamento é ampla e bem animada. Navios, barcos, veleiros, lanchas, iates e, à tarde, pesqueiros vêm lançar suas redes na enseada. Completando a vista, os bondinhos do Pão de Açúcar no seu eterno vaivém.

Este mês completam-se dois anos da morte do meu marido. A morte é um instantâneo. Uma hora se está, em outra não se está mais. Atravessei esses dois longos e infinitos anos. Nos primeiros tempos de viuvez, eu sentia uma dor violenta; havia momentos em que não sabia como iria suportar. O luto é um processo duro, sem trégua, implacável.

Luiz Alfredo me deixou vagarosamente. A doença, insidiosa, foi tomando conta do seu pensamento, de suas ideias, do que o fazia tão rico. Perdemos a luta. Meu marido perdeu a vida e eu o perdi. Perdi a presença e ganhei a eternidade das lembranças. Adeus, companheiro morto, águia morta, mestre morto. Um dia, com o companheiro estarei.

Noite passada, um sonho me fez despertar. Sonhei que não conseguia falar com Luiz Alfredo pelo telefone. Eu tentava e não conseguia. Ele então me mandava mensagens, mas a letra era tão pequenina que eu não conseguia decifrá-la. E o sonho se repetia, como a me dizer que eu não conseguiria mais me comunicar com ele. Penso que internamente se processou um afastamento. Antes, ele estava presente no sonho, agora eu tentava me comunicar com ele e não conseguia. Um passo foi dado. A perda se elabora. O luto se processa.

Venho me acostumando a viver sem meu marido. A ser Livia, só. Na verdade, uma outra Livia. Desenrolando o filme para trás, mas também seguindo em frente. A vida me deu muito, mas também quis muito de mim. E a película continua. O amor continua porque não sabe onde parar. Não há bandidos nem mocinhos. Apenas um homem e uma mulher.

1.

Num desses dias, em que Lina já havia se despedido — saíra cedo porque tem criança pequena em casa —, Livia abriu o caderno em que estava tomando notas para uma próxima história, quando o interfone tocou. Foi atender, e o porteiro disse que havia um homem na portaria que desejava lhe fazer uma visita de condolências. Perguntou de quem se tratava, e ele respondeu que o sujeito queria lhe fazer uma surpresa.

Hesitou entre deixá-lo subir ou deixar que fosse embora. Disse ao porteiro que iria pensar, que não demoraria em lhe dar uma resposta. Desligou o interfone. Pensou, num átimo, em ligar para uma de suas filhas, contudo não o fez porque sabia o que iria ouvir. Obviamente, elas não iriam querer que um desconhecido visitasse a mãe, que morava sozinha. Voltou ao interfone e disse que o desconhecido poderia subir, mas que ele, o porteiro, ficasse de sobreaviso. Ele respondeu que ficaria atento, e que o homem tinha ido tomar um café no posto, quando voltasse lhe daria o recado.

Vinte minutos depois, pensou que o sujeito havia desistido e ido embora, quando escutou o barulho do elevador. Sentiu o corpo retesar e a coluna doer. Abriu a porta da frente e ficou vigiando o movimento do elevador, que, naquele momento, estava parado. Passados alguns instantes, este começou a se locomover lentamente, no ritmo próprio do elevador da frente. Silenciosamente, ela contava os andares até entrever o elevador chegar, a porta de ferro correr, a outra porta se abrir, e um homem da altura de Luiz Alfredo, que regulava com ele em idade, surgir. Instantaneamente, um arrepio percorreu seu corpo quando o desconhecido, estendendo a mão para cumprimentá-la, se apresentou:

— Muito prazer, Espinosa.

2.

Então esse é o famoso Espinosa, o detetive das histórias do meu marido... Pensou, ao ver o sujeito adentrando sua casa. Charmoso como ela o imaginava. Lembrava muito o Luiz Alfredo...

Ele continuava de pé na sala, enquanto ela fechava a porta, esperando, claro, que ela se sentasse primeiro.

— Vamos nos sentar — disse. — Fique à vontade, delegado.

Antes de se sentar, ele passeou os olhos sobre a Enseada de Botafogo e disse que tinha uma vista muito bonita dali.

— Bonita, não é mesmo?... — repetiu.

Sentaram-se frente a frente. Espinosa usava um blazer de camurça marrom, calça bege, e camisa azul-clara. Fazia frio no Rio. Sapatos italianos? Bem provável. Vestia-se cuidadosamente. O resultado era charmoso. Elegante. E dava para notar que ele era observador, olhava para tudo discretamente, e tinha um olhar firme e penetrante.

— Como você está, Livia? — perguntou.

— Melhor do que há um ano. Oscilo menos agora. Mas é muito difícil. Luto não passa porque não é doença, mas abranda. Aceita um cafezinho, Espinosa? Um uísque?... (Senti que me estendi na resposta...)

— Não, obrigado. Tomei café antes de subir. Vocês estavam casados há muito tempo?

— Quarenta e quatro anos.

Espinosa fazia muitas perguntas e poucos gestos para falar. Também nisso se assemelhava a Luiz Alfredo. Ambos eram minimalistas.

— Você tem filhos, netos?...

— E um bisneto — ela completou.

— Bisneto?

— Sim, mas ele mora fora.

— Onde?

— Em Los Angeles.

— Você deve sentir saudades.

— Muitas. Mas a vida dele é nos Estados Unidos, com os pais. Luiz Alfredo dizia que se soltassem o Oliver, chama-se Oliver, numa das esquinas em Los Angeles, ele voltaria contratado.

— Então é um belo menino.

— Lindo! — respondeu.

— O que você tem feito, Livia?

— Tenho lido e escrito, bastante.

— Romance? Conto?

— Romance, conto, infantil... Escrevo e leio sempre. Hoje mesmo peguei a Odisseia, de Homero, livro todo marcado por Luiz Alfredo. Na condução de um expert, a aventura é outra, não é mesmo?...

— Você sempre morou aqui?

— Não, morei em alguns lugares no Rio, o último, antes de virmos para cá, foi no Jardim Botânico. E durante toda a infância morei numa casa em Icaraí. Ainda sinto muitas saudades de lá, daquela Icaraí, da "nossa Riviera", como a chamávamos.

Estava falando mais do que lhe era perguntado...

— Não queria deixar de fazer uma visita. Conhecê-la pessoalmente. Garcia-Roza dizia que você era muito bonita. Ele tinha razão.

— Obrigada, delegado.

— Agora já estou indo — levantou-se —, era só mesmo uma visitinha, ainda tenho que dar uma passada na delegacia. Estou com um caso em andamento. Está tudo tranquilo por aqui?

— Que eu saiba, sim, está.

— De todo modo, vou mandar meus policiais vasculharem o Morro da Viúva. Você mora numa região muito visada, uma área nobre do Rio. E assim dizendo, entregou seu cartão. Estou inteiramente ao seu dispor. Ligue sempre que precisar. Tornou a apertar a sua mão e saiu.

— Um dia talvez eu lhe conte a história de um irmão... — ela disse, precipitando-se.

— Estou às ordens para escutar — ele respondeu, voltando-se, e em seguida tornou a se despedir.

Ela ficou na porta, esperando o elevador descer, levando um homem muito, muito interessante.

3.

Quando podia imaginar que iria conhecer o Espinosa e que ele iria à sua casa para lhe fazer uma visita?... Quanta surpresa nesta vida... E que homem encantador; educado, discreto, gentil, um gentleman! Gostaria de contar a ele o que sucedeu a um dos meus irmãos... É bem história para delegado. Quase lhe contou ali mesmo, mas ele poderia achar que ela estaria se aproveitando de um momento de delicadeza para vir com uma história pesada... Contudo, precisava dividir isso com alguém. E ninguém mais apropriado para escutar do que um delegado.

Como sua neta caçula viria almoçar no dia seguinte, resolveu que comentaria com ela e ouviria sua opinião. Laís é uma menina sensível e inteligente, terá boas coisas a dizer, pensava Livia, ainda não convencida se deveria ou não contar a história. No dia seguinte, Laís chegou com biscoitinhos de nata. Sempre delicada. Depois do almoço conversaram, e Livia contou sobre a ideia de dividir a história de L.E. com o delegado Espinosa. Laís gostou e achou que seria de grande ajuda. Na escuta de um especialista sempre temos a ganhar, ela disse.

Conversaram um pouco mais sobre o assunto e depois trocaram ideias sobre ficção. Ela é boa leitora, e passaram boa parte da tarde conversando sobre livros, até a hora de ir embora. Voltar a trabalhar. Dirigia uma empresa que tem a ver com a área médica, mas que Livia sempre esquecia o nome... Agora, a sós, voltou a pensar no assunto de seu irmão. Estava inclinada a contar, mas ia ligar para o Espinosa assim tão rápido, tão íntima, tão cedo? Não, Livia. Contenha-se. Segure seus impulsos. Refreie-se.

Reflita. Pondere. Fique firme, pensava ela, lembrando os dizeres de seu pai. Foi ler. Tinha tempo de sobra para pensar no assunto. Pensava muito nele, nesse seu irmão. Pensava no outro também. De modo geral, pensava bastante na sua família. No vazio que deixaram. Foram-se todos, pais, irmãos, marido. Restara ela, a narradora da família.

4.

Acordou cedo e depois do café foi trabalhar. Estava escrevendo três textos simultâneos e que se interpenetravam. Por vezes, se sentia num labirinto. Não o de Borges, naturalmente. Às vezes batia um medo de esquecer um dos títulos e não conseguir acessá-lo no computador. Ontem à noite, quase dormia, quando lhe veio a continuação de uma frase do livro que estava escrevendo. Pegou a caneta e o caderno, que estavam sempre a seu lado sobre a mesinha de cabeceira, colocou os óculos e anotou a frase no escuro. Por que os óculos?

O interfone tocou. Lina foi atender. Voltou à sala para dizer que o Nicolas estava lá embaixo na portaria, e queria saber se estava tudo bem com a senhora. Nicolas devia ser o policial que o Espinosa ficou de mandar.

— O que eu digo? — perguntou Lina.

— Diga que está tudo bem e que eu agradeço.

"Tão protetor o delegado..." Pensou, enquanto espiava pela janela. O carro da 12ª DP estava estacionado em frente ao prédio. Já devem ter começado a vasculhar a área, no caso, o Morro da Viúva. Pelo visto, passei a estar bem cercada, concluiu, com um leve sorriso no rosto.

O quarto de trás do nosso apartamento dá para o morro. É bonita a vista da pedra. O Morro da Viúva é uma área de proteção ambiental; delimita a enseada que separa a praia de Botafogo da praia do Flamengo. É um morro pequeno e muito rochoso. Antigamente, suas encostas chegavam ao mar. O contorno pela orla marítima, acompanhando o Morro da Viúva, só foi realizado na década de vinte do século passado, surgindo assim a Avenida Rui Barbosa. É sempre interessante a história dos começos.

Uma chuva fina começou a cair, respingando toda a janela da sala. Como esses rapazes vão andar pelo morro? E se a chuva apertar?... Bem, precisava voltar a se concentrar. Ouviu o interfone tocando. Devem ser os livros do Ricardo Piglia que encomendara: *Os diários de Emilio Renzi*. No celular, avisaram que estavam a caminho.

5.

Luiz Alfredo envolvia Livia em seus braços, num abraço apertado. Que saudades que ela sentia de ganhar um abraço... Os primeiros raios de sol penetravam por entre as frestas da persiana do quarto, a cortina de voile balançava, mas que sonho bom fora aquele... Sentia saudades, tantas... Saudades de vê-lo chegar em casa. De procurar dentro de seus olhos se estava tudo bem. Se ela estava bem, se não teve nenhuma contrariedade, se podia dar sequência a seus passos e ir trocar de roupa. Eram instantes plenos, essas suas voltas para casa.

Livia estava bem. Vinha vivendo o melhor que podia a sua vida solo. Um pouco sobrecarregada no acumulado das funções. As coisas que antigamente as pessoas se dirigiam a seu marido, que se relacionavam com seu trabalho, agora se dirigem a ela, então passou a responder por ele e por si mesma. É normal, mas dá trabalho. Ainda teria muito a dizer, mas o peito hoje estava apertado, abafado mesmo, tudo isso, esse acúmulo dentro dela, é a falta. Vê como é grande? Fica em paz, querido. Está tudo bem comigo.

Não saberia contabilizar, mas devia fazer três anos ou mais que não ganhava um abraço. Levantou-se para mais um dia de solidão. Mas há uma solidão bem maior do que estar a sós. Tomou seu café, depois ligou o computador. Havia algumas mensagens, uma delas de sua agente literária, tomara que tivesse boas novas; havia também o lixo costumeiro no Gmail, e bem podia haver uma mensagem do Espinosa, assim:

— Livia, podemos tomar um café?

— Sim, sim, delegado, com muito prazer. Onde vamos nos encontrar?

Segure os arroubos, olha a sua idade, sua condição de viúva recente... Era seu superego que acordava falante. Tinha de responder a uns poucos e-mails. Com calma. Os e-mails não vão sair correndo da sua frente. Faça as coisas sem pressa, ela se dizia. Acabara de ver que havia dois telefonemas não atendidos. Eram de Anaik, a neta que mora em Los Angeles. Vivia atrapalhada com os telefonemas dela, porque o fuso horário Rio–Los Angeles é de quatro/cinco horas, dependendo da estação. Ligaria para ela quando acordasse, agora lá é plena madrugada. Los Angeles, como todos sabem, é o centro mundial dos negócios, do comércio internacional, do entretenimento, da cultura, da mídia, da moda, da ciência etc. Tudo a ver com essa sua neta que tinha uma cabeça prodigiosa.

Espinosa estava em seu apartamento no bairro Peixoto. Embora tivesse um livro no colo, estava desligado, absorto, pensativo, lembrando-se de quando era jovem e flanava pelo bairro com sua bicicleta inglesa Raleigh, que ganhara aos dez anos de idade. Levantou-se de súbito e saiu. Na rua, atravessou a Galeria Menescal, caminhando, como sempre, mas não teve nenhuma vontade de parar no Árabe e comer um quibe. Queria caminhar. Foi para a avenida Atlântica em direção ao Leme. O dia estava frio, com um sol frio, mas ele estava agasalhado com seu velho e charmoso casaco mostarda de veludo cotelê. Parecíamos estar no hemisfério norte, onde o sol brilha, mas não aquece.

Espinosa caminhava sem se deter, inteiramente envolvido por uma profusão de pensamentos, como costumava lhe ocorrer. Nesse instante, uma moça que caminhava à sua frente soltou um grito. Espinosa viu um carro passando com rapazes gritando e gargalhando. Não foi difícil constatar que fizeram algo à moça que gritou. "Os moleques da Zona Sul", Espinosa pensou, e foi socorrer a moça. Os rapazes tinham atirado um ovo cozido que atingira o braço da jovem.

Espinosa ajudou-a a se limpar com o lenço que sempre levava no bolso da calça. E no local surgira instantaneamente uma vermelhidão. Ela quis ir para casa para pôr gelo. Ele perguntou se ela estava se sentindo bem para ir sozinha. Ela disse que sim e agradeceu. Espinosa então retomou a caminhada, pensativo. Relacionava-se melhor com as palavras do que com os outros. Disso ele já sabia há longos anos.

Em casa, Livia trabalhava distraída quando o telefone tocou. Lina já tinha se despedido. Ela foi atender. Era voz de homem, um chato antigo, querendo forçar intimidade. Dizia-se preocupado com ela e se oferecia para o que ela quisesse. Livia despachou o sujeito. "Volta e meia tem coisas dessa ordem...", ela pensou. Homens que você não quer que se aproximem.

6.

Ao voltar para casa, Espinosa viu que sua secretária eletrônica piscava. Foi escutar o recado de Irma, dizendo que viria no voo das quatro, e, como tinha sido aniversário dela, esperava uma comemoração atrasada na Trattoria da Rua Fernando Mendes. Espinosa voltou a sair apressado de casa. Esquecera-se de comprar o presente de Irma! Daria um pulo na Blooks e escolheria um livro para ela. Na livraria, sempre muito bem recebido, escolheu o primeiro romance do Garcia-Roza, *O silêncio da chuva* (Irma havia contado que uma amiga levara o seu exemplar), além de *O coração das trevas*, de Joseph Conrad, que ela ainda não havia lido. Espinosa considerava esse livro uma obra-prima, e Borges o considerava "o mais intenso de todos os relatos que a imaginação humana jamais concebeu". Depois da Blooks, Espinosa foi tomar café no Scada.

Livia acordou contente porque era aniversário de Laís. Sempre ficava contente quando era aniversário de uma de suas meninas, netas ou filhas. Não iria ver a Laís nesse dia porque ela ia para a casa de sua filha, na estrada Fróes, em São Francisco, Niterói. A estrada Fróes é um dos lugares mais charmosos da região, fazendo a ligação de São Francisco (antigo Saco de São Francisco) com o bairro de Icaraí. De lá se descortina uma vista privilegiada do Rio. Livia mandou uma mensagem de Whatsapp para Laís:

"A luz da Laís. A luz que é a Laís. A neta festa que encanta a minha vida. Que tem canal direto com o afeto. Que sabe gostar das pessoas. Que é puro chamego e carinho. Viva, viva! Parabéns, querida!"

Irma chegou saudosa. Abraçou Espinosa, que retribuiu o abraço maquinalmente. Em seguida, os dois foram para o restaurante. Lá pediram massa com funghi e uma garrafa de sauvignon blanc. Durante o jantar, Irma queixou-se de Espinosa, achando que ele estava desligado, distante, frio. Desculpando-se, Espinosa disse que estava com um caso muito trabalhoso e que isso tirava a sua concentração. Terminado o jantar, voltaram para casa, e logo foram para a cama. Ele dormiu e ela custou a pegar no sono.

No dia seguinte, o celular de Espinosa tocou e ele atendeu: era Livia. Dava voltas no apartamento enquanto falava com o telefone ao ouvido. Quando desligou o aparelho, Irma perguntou quem havia telefonado. Subitamente animado, ele respondeu:

— Estou na pista certa!

7.

Espinosa desejava ficar amigo de Livia; afinal, era ela quem restava de toda a sua história. A seu lado sabia que seria escutado, que ela o conhecia e o acompanhara por longos anos. Ele queria que esse afeto se mantivesse, e, para isso, faria o que estivesse a seu alcance. Irma, instável na história, não podia entender o desejo de Espinosa. Ele então decidiu se reservar, guardar seu segredo.

No dia seguinte, durante o jantar, Irma disse que voltaria para São Paulo. Espinosa não insistiu para que ela ficasse no Rio. Foi deixá-la no aeroporto. Seguiram em silêncio dentro do carro. No percurso, havia um acidente, eles então trocaram umas palavras.

De volta em casa, assim que chegou, Espinosa sequer checou as mensagens na secretária, embora houvesse uma ligação de Nicolas. Sentando-se confortavelmente em sua cadeira de balanço, digitou o número de Livia. O telefone estava ocupado. Sentiu-se levemente decepcionado. Alcançou na mesinha ao lado do telefone o livro *Palmeiras Selvagens*, de William Faulkner, e abriu na página que estava relendo. Já havia perdido a noção de quantas vezes havia relido aquele livro. Se bem que achava que não havia releitura, e sim leitura de outro modo. Quando notou, haviam passado mais de vinte minutos, então tornou a ligar para Livia, e se alegrou quando ouviu a voz clara dela do outro lado da linha. Livia então disse que estava disposta a contar a história de seu irmão, e pedia que Espinosa fosse à casa dela.

— Antes que eu desista — ela disse e riu.

Espinosa ainda não conhecia o temperamento de Livia. Sua prontidão para a alegria.

Os dois marcaram encontro para o dia seguinte.

Havia muito tempo que um dia não custara tanto a passar... Ambos pensaram.

Espinosa chegou pontualmente no horário combinado.

Sobre a mesa redonda de vidro da casa de Livia, uma toalha branca, que fora bordada por sua avó e que ela herdara da mãe; uma cesta de pães, dois cálices de vinho, um pote contendo manteiga e uma tábua de queijos.

Livia disse a Espinosa que se sentisse à vontade e, dirigindo-se à mesa, sentiu quando ele puxou a cadeira para que ela se sentasse. Assim que se instalaram, ela alcançou a garrafa de vinho e a entregou nas mãos dele, para que abrisse o merlot chileno. Espinosa, segurando a garrafa, fez uma rápida leitura do selo do vinho, antes de pôr um gole em sua taça para prová-lo. Assentindo com a cabeça, serviu o cálice de Livia e em seguida se serviu.

— Tim, tim! — brindaram.

— Vamos então à história do meu irmão — Livia disse. — Não é fácil contá-la, contudo gostaria de sua opinião sobre o desfecho do caso. Não desejo mexer nessa história, mas gostaria de ouvi-lo. Meu irmão, quando criança, era muito querido, carinhoso, meigo, uma gracinha de menino. Ao crescer, se desentendeu com a vida e nunca mais teve paz e nos deu paz. Resumindo seria isso, mas é muito mais do que isso. Esses são os traços gerais.

8.

— Meu irmão teve uma vida extremamente desastrada. Tentou fazer face a diferentes atividades em vários estados brasileiros (foi modelo, ator, vendedor, professor), sempre se incompatibilizando com as pessoas no ambiente de trabalho. Foi internado três vezes (por iniciativa própria), fez análise durante a vida toda, mas nada deu jeito nele. Estava sempre muito revoltado. Durante a juventude teve um caso com uma mulher casada e dessa relação resultou uma filha. A única pessoa que ele realmente amava. De resto, vivia num apartamento que mamãe alugava, até um dia voltar para a casa dela. No nosso andar havia dois apartamentos que, segundo meus pais, cada um dos filhos herdaria. Eu já estava morando no meu apartamento e pagávamos um aluguel para mamãe. Ele, quando voltou a morar com mamãe, se instalou na parte de cima, num quarto e banheiro que pertencia ao apartamento e que ficava no último andar. Deixava a porta que dava para o terraço permanentemente aberta. Mais tarde, quando mamãe faleceu, ele passou a alugar o apartamento que fora dela e que passou a ser dele, e vivia dessa renda. Na verdade, ele gastava muito pouco. Não saía mais de casa e, com o tempo, nem da cama. Seus gastos se limitavam a remédios e ao pagamento do seu seguro saúde, uma vez que eu lhe fornecia a alimentação. Diariamente, duas vezes por dia, nossa empregada subia os degraus da escada com uma bandeja para ele, quando não acontecia de ela subir com um cafezinho no meio da tarde. Quando ele retornou para casa, já estava envelhecido, malcuidado e deteriorado física e mentalmente.

Espinosa mal piscava escutando o que Livia contava.

— Eu o alimentava e a filha cuidava de tudo o mais, do aluguel do apartamento, da compra dos remédios, até falar com a psicóloga dele ela falava. De vez em quando, ela vinha ao meu apartamento e então conversávamos. Muito sofrimento para todos os envolvidos, sobretudo para mamãe, Livia disse. Preocupávamo-nos com ele, embora soubéssemos que pouco podíamos fazer além do que vinha sendo feito. Os dias seguiam iguais, até chegar o dia que meu irmão viu uma moça no terraço com um pano e um balde. Apaixonou-se perdidamente pela visão. Era a faxineira do oitavo andar, segundo ele.

Espinosa estava tão concentrado na história que sequer tomava o vinho.

— Daí em diante, meu irmão suspendeu as refeições porque disse que Leda (nome falso da moça) lhe traria quentinhas. Uma tarde, eu estava em casa e o telefone tocou. Era ele, contando-me que iria se casar. O que eu achava? Perguntou. Acho que é a última loucura que você vai fazer, respondi. Àquela altura ele estava com mais de setenta anos. Desligou o telefone sem se despedir. Contei para o Luiz Alfredo, que ouviu calado, pensativo. Dois ou três dias depois, o jornaleiro da banca em frente ao edifício interfonou para a nossa casa para falar com Luiz Alfredo. Queria avisar que meu irmão estava se casando na sala de reuniões do condomínio.

9.

— Luiz Alfredo desceu no mesmo instante com o alerta do jornaleiro, que jamais havia telefonado para a casa deles. Quando chegou ao térreo do prédio, encaminhou-se para a sala do condomínio. Parou na porta quando viu, em volta da grande mesa, meu irmão, com um sorriso largo no rosto, a noiva, a Leda que não era Leda, com olhos fugidios, a juíza de paz (de toga), um homem de terno e gravata, que depois ele soube que era o advogado da noiva, e um homem de branco, um médico. Ah, sim, e a mãe da noiva. Da porta, Luiz Alfredo perguntou ao meu irmão se estava tudo bem. Ele respondeu que sim. Luiz Alfredo então voltou para o apartamento e contou o que havia visto. Aos poucos as peças se encaixavam. A noiva (trinta anos) contratara um advogado, um médico (que daria um atestado para meu irmão se casar) e a juíza. Seria uma gangue? — Livia perguntou a Espinosa.

— É possível. Vocês moram numa área de poder aquisitivo alto, os bandidos não desconhecem isso, e ficam de olho. Leda, provavelmente, era a isca para eles darem o bote.

— Eu nunca vi a tal Leda, mas Luiz Alfredo um dia a avistou chegando num carro japonês. Uma faxineira que tem um carro japonês... As coisas não se encaixavam. Ou bem era uma faxineira, ou bem era a proprietária de um Mitsubishi. Resumindo: meu irmão se casou em regime de comunhão de bens. E tudo isso aconteceu nas barbas de Luiz Alfredo, que era escritor de romance policial, como você sabe.

— E dos bons — Espinosa comentou.

— Seguindo a história, depois do casamento, meu irmão contava para todos que nunca tinha sido tão amado, que Leda era o verdadeiro amor da vida dele. Qual mãe qual nada, a beleza da vida és tu, Leda amada! Recitava, rindo. Passado algum tempo, voltávamos, Luiz Alfredo e eu, do nosso almoço de domingo, quando o porteiro disse que tinham levado meu irmão.

10.

— O porteiro disse: "A mulher dele o levou. Saiu daqui quase carregado." Claro, mal podia andar... Nas condições que ele estava não poderia se opor. Não se sustentava mais em pé... Enquanto eu falava, ligava para o celular do meu irmão, que não respondia. Corri para falar com o outro porteiro, pedi que ligasse para o meu irmão. Ele disse que havia tentado, mas que deviam ter trocado o número. Em seguida, desci correndo as escadas do prédio e fui à banca de jornais falar com o jornaleiro, que também não tinha notícias. Subi com Luiz Alfredo e fui até o quarto do meu irmão. A porta estava escancarada e só havia um pôster pregado numa das paredes do quarto. Do tempo em que ele era um jovem modelo. Recostei-me à parede onde estava o pôster e chorei. "Sequestraram meu irmão!", eu disse. E Luiz Alfredo respondeu: "Não sequestraram, meu bem, seu irmão era maior de idade, casado e vacinado. Ele quis tudo isso." Não podíamos dar parte à polícia porque lá eles fariam todas essas perguntas, não é Espinosa?

— Sim — ele afirmou.

— Mas o fato é que ele estava doente, precisava ser medicado, como irmã, eu tinha o direito de saber sobre seu paradeiro... De nada adiantou. Tive que aceitar a realidade. Volta e meia eu pensava nele, se estaria sendo bem tratado. Quanto ao dinheiro do apartamento, Leda, que não era Leda, deve ter dado cabo. Pouco depois que o levaram, próximo de um final de ano, voltávamos mais uma vez de um almoço de domingo quando o porteiro disse que meu irmão tinha morrido há cerca de um mês. Era a única coisa que ele sabia.

Nesse ponto do relato, Livia se emocionou. Espinosa notou e pôs sua mão sobre a dela.

— Não sei se o mataram ou se deixaram que ele morresse, o fato é que estava morto — ela afirmou.

Espinosa tirou o lenço do bolso e o estendeu para Livia.

— Se for da sua conveniência, podemos abrir um inquérito — ele propôs.

— Eu sei e agradeço, mas não gostaria de mexer nessa história. Às vezes desejaria saber onde ele foi enterrado, só para transferi-lo para onde estão meus pais e meu outro irmão.

Com a garrafa de vinho na mão, Espinosa perguntou se ela queria mais um pouco.

Livia aceitou. Ficaram então em completo silêncio, até que Espinosa disse:

— Não é à toa você não queria contar a história de seu irmão. Mas me dê licença aqui um instantinho. Tem alguém insistindo na chamada.

Espinosa atendeu Irma, disse a ela que ligaria mais tarde.

Quando Livia se levantou da mesa, Espinosa a acompanhou, depois foi dar uma espiada na vista.

— Venha ver, Livia, hoje é dia de regata, a enseada está coalhada de barquinhos.

E pôs a mão sobre o ombro dela. E assim ficaram, por minutos. Em seguida, ele se despediu. Porém, antes que fosse embora, Livia foi apanhar o lenço que ele lhe emprestara.

— Fique com ele como lembrança do primeiro vinho que tomamos juntos — Espinosa sugeriu.

Nesse momento, Livia pensou que, se algum dia escrevesse um romance policial, incluiria um agradecimento a ele: “Minha gratidão ao delegado Espinosa, que me deu a honra de participar de meu primeiro romance policial."

Despediram-se.

11.

Passados dois dias, Espinosa ligou para Livia para dizer que Nicolas e Lucas haviam terminado a "operação pente fino" na Rui Barbosa (no Morro da Viúva), e que não encontraram nada. Mas ela não estava em casa. Lina não sabia dizer onde teria ido e a que horas voltaria. No final da tarde ele voltou a ligar. Livia ainda não tinha chegado.

— Ela não disse para onde ia? — Espinosa perguntou.

— Não disse nada, não senhor — Lina respondeu.

Enquanto isso, Livia conversava com os funcionários do cemitério São João Batista. Queria saber se o irmão havido sido enterrado lá, e disse o nome completo dele. Quem sabe a viúva tivera a ideia de trazer o corpo para o jazigo da família, o túmulo de seu avô? Tudo é possível. Consultou o livro do cemitério, mas não encontrou nada. Foi checar a sepultura. Tudo em ordem. Ele não havia sido enterrado naquele local. Para onde teriam levado o corpo? O passo seguinte de Livia seria o cemitério de Charitas, em Jurujuba, onde estavam seus pais e seu outro irmão. O celular tocou. Livia atendeu Espinosa e contou onde estava. Mais tarde se falariam, ela disse.

Espinosa desligou o aparelho e voltou a ler, desta vez, *O coração é um caçador solitário*, de Carson McCullers. O livro é um clássico da literatura americana. Espinosa achava surpreendente que tenha sido escrito quando a autora tinha apenas 22 anos. Naquele momento, seu celular tocou. Era Irma. Diferente; fria, seca. Queria encontrá-lo para conversarem sobre a relação deles:

— Sobre relação não se conversa, Irma, vive-se — afirmou.

Mas não foi escutado. Ela disse que viria ao Rio no final da semana, e despediu-se de Espinosa. Ele desligou o aparelho e foi caminhar, espairecer. Dessa vez foi até o Árabe comer um quibe. Era sempre muito bem recebido quando lá chegava. Em seguida, partiu para a avenida Atlântica, em direção ao Posto 6. As primeiras luzes da cidade se acendiam, mas ainda havia um sol laranja mergulhando no horizonte. Espinosa sentou-se ao lado do poeta Drummond. Lembrou-se que Alice, a menina sua vizinha, sabia alguns de seus poemas de cor. Quanto a ele, gostava do final de *O Mito*, "Já não sofro, já não brilhas, mas somos a mesma coisa, uma coisa tão diversa da que pensava que fossemos"... Espinosa estava nesse clima de *fin d'affaire* (fim de caso), ou ao menos, de suspensão. Férias ao coração. Não sabia como conduziria a questão, mas se fazia necessário um tempo. Tempo esse de reflexão. A aproximação com Livia tivera efeitos sobre ele, quanto a isso não tinha dúvidas. Só não sabia a extensão desses efeitos, e quão profundos eram. Porém, tivera um bem súbito. Ela era uma mulher cheia de arrebatamento e promessa. Na delegacia, sua mudança de humor já se fizera notar. Estava mais expansivo, alegre, de bom humor.

— Você também teve essa impressão, Drummond? — Espinosa indagou ao poeta.

Continuava sentado a seu lado. A seguir, levantou-se, e lentamente tomou o rumo de casa. Quando chegou, sua secretária eletrônica piscava. Foi lavar as mãos antes de ir ver o recado. Era uma moça que queria estagiar na delegacia. Espinosa marcou com ela para o dia seguinte. Depois, voltou a ligar para Livia. Estava ansioso, queria saber sobre o seu périplo. Ela atendeu e disse que faria no Caju a mesma indagação que fizera no São João Batista.

— Não quer que eu cuide disso pra você? — Espinosa perguntou.

— Não — ela disse. — Você acha que ele pode ter sido enterrado como indigente, numa vala comum?

— Vamos cair num achismo, Livia. Passe o caso para as minhas mãos.

— Não insista, delegado.

— Está bem — ele concordou. — E se despediram.

Espinosa achou melhor naquele dia não falar mais com mulher alguma. Ele não estava agradando.

12.

No dia seguinte, depois de uma breve entrevista com a estagiária — chamava-se Andreia — Espinosa foi almoçar no Pavão Azul. Lá, encontrou o jornalista Joaquim Ferreira dos Santos, por quem tinha grande admiração. Conversaram um pouco, o Joaquim e ele. Não era a primeira vez que se encontravam no Pavão Azul. Depois do almoço, Espinosa voltou para a delegacia. Quando chegou, havia uma efusão no ar causada pela presença da estagiária, que começaria a trabalhar no dia seguinte. Espinosa acalmou os ânimos, lembrando a todos que aquele era um local de trabalho.

Livia saíra cedo para Niterói. Lá, ela se desembaraçava bem. Passara a infância e a adolescência em Icaraí. Pegou a barca na Praça XV e aportou na Estação das Barcas, em Niterói. Lá tomou o ônibus que a levaria à Jurujuba, à praia de Charitas. Como é bonita essa orla, ela pensava, enquanto o ônibus seguia o trajeto das praias. Chegando, saltou e se endereçou ao cemitério, que ficava à beira-mar. Precisou andar algum tempo dentro dele, pisando em folhas de amendoeira, que crepitavam sob seus pés, para que encontrasse uma alma. Viva. Encontrou um rapaz com uma vassoura na mão. Indagou a ele da mesma maneira como havia feito no São João Batista, sobre a última pessoa a ser enterrada lá. O rapaz disse que fazia uns três anos que não se morria por lá, a não ser que tivesse sido durante a folga dele. Livia agradeceu e fez o caminho de volta. Desanimada. Achava pouco provável seu irmão ter sido enterrado no cemitério do Caju, o último a ser visitado.

Chegando à sua casa, ela tomou um cafezinho e entrou no banho. Ao sair, já vestida, escutou o telefone tocando e Lina atendendo o delegado Espinosa. Livia foi atender o telefone.

— E como foi hoje lá nas Charitas? — ele perguntou.

— Nada — ela disse. — A última pessoa a ser enterrada lá foi uma velhinha há três anos.

— Em Niterói morre-se pouco — Espinosa disse. — Você vai estar sozinha hoje à noite? — ele perguntou.

— Por quê? — Livia devolveu a pergunta.

— Porque eu me convidaria para lhe fazer uma visita.

— Sinto muito — ela disse. — Vou receber uma pessoa amiga.

Espinosa desligou o aparelho e ficou com a "pessoa amiga" dando voltas na sua cabeça. De repente, não sabia o que fazer. Já havia terminado a leitura de *O coração é um caçador solitário*, decidiu então voltar à leitura do *Palmeiras Selvagens*, mas não obteve a concentração necessária. Foi para a cama dormir, mas não havia sono. Ficou pensando então na lista que iria fazer dos livros que havia lido naquele ano. Só pregou o olho quando o dia clareava.

13.

Era pouco antes do meio-dia quando Espinosa saiu de casa. A noite anterior o devastara. Ele ouvira falar que abrira um sebo na rua Barata Ribeiro, que ainda não conhecia. Era o que ia fazer naquele momento. Ao chegar ao sebo e cumprimentar os donos, estes disseram que o conheciam dos romances do Garcia-Roza.

— O que o delegado estaria procurando? — um deles se adiantou.

— Ainda não sei — Espinosa explicou. — Vou dar uma olhada geral.

Meia hora depois, Espinosa adquirira uma dúzia de livros e queria saber se eles entregavam em casa.

— Na casa do senhor a gente dá um jeito — disse um dos rapazes. — O senhor é muito famoso. Volta e meia chega alguém aqui querendo um livro do Espinosa, assim eles dizem. — Sorriu.

— Sabemos que o senhor mora no Bairro Peixoto, mas em qual rua e número? — perguntou outro vendedor.

Espinosa respondeu e em seguida agradeceu a gentileza de eles entregarem os volumes em sua casa. Depois ligou para a sua diarista e avisou. Esta ficava de muito mau humor com a chegada de mais livros. Do sebo, Espinosa foi para a Galeria Menescal comer alguma coisa no Árabe. Também lá era reconhecido quando aparecia. Na saída, pensou em ligar para Livia, mas se controlou.

Irma mandou uma mensagem para Espinosa, dizendo que chegaria na última ponte aérea. Ele foi ao aeroporto buscá-la. O encontro dos dois foi frio e silencioso. Ao chegarem em casa, Espinosa foi descongelar uma lasanha e abrir uma garrafa de vinho. Irma e ele jantaram em meio a poucas palavras. Ao término do jantar, ela disse que queria conversar. Espinosa sentou-se na cadeira de balanço, pensando que estava com vontade de ler o *Palmeiras Selvagens*.

— Vamos conversar — Irma disse. — E começou: há muitos anos temos uma relação boa. Estável, sólida mesmo, eu diria, mas de um tempo pra cá você não é mais o mesmo homem. Desinteressou-se de mim, em poucas palavras. Nada mais ofensivo para uma mulher.

— Não quis ofendê-la — Espinosa aparteou.

— Pode não ter tido a intenção, mas ofendeu. E isso é muito difícil para uma mulher. Quero saber se você conheceu alguém por quem se interessou?

Espinosa permaneceu calado.

— Hein, Espinosa? Estou falando com você... Surgiu uma nova mulher por quem você esteja se sentindo atraído?

— Estou muito cansado, Irma. Na noite passada dormi muito mal.

Então conversaremos amanhã. Vamos nos deitar.

E assim fizeram. Cada qual virado para um lado da cama.

Na manhã seguinte, mal despertaram, Irma disse:

— Vamos conversar, Espinosa.

— Deixa eu passar os olhos no jornal...

— Pronto, você já viu as manchetes. A conversa, noite passada, estava nesse ponto: surgiu alguém por quem você esteja interessado?

— Olha a minha idade, Irma...

— Atualmente, o problema para os homens já não existe. Responde o que eu te perguntei, Espinosa.

— Irma, estou com muito trabalho, se é o que você quer saber.

— Bom, em face disso, vou voltar hoje mesmo para São Paulo.

Espinosa ficou em silêncio.

— Mas podíamos almoçar, antes tenho de dar uma passada na delegacia. Você me acompanha? — ele perguntou.

Irma balançou afirmativamente a cabeça. Os dois saíram rumo à delegacia.

— É rápido. Ele disse no caminho.

Mal entraram na delegacia, deram de cara com a estagiária Andreia que, sorridente e simpática, cumprimentou os dois.

Lucas entregou papéis nas mãos de Espinosa. Em seguida, ele e Irma saíram. Assim que se viram na rua, ela disse:

— Não precisa dizer mais nada, Espinosa. Estagiária... Então é isso!

14.

O interfone da casa de Espinosa tocou. A diarista custou a atender porque estava lavando a área. Veio à sala para dizer que era uma pessoa que queria fazer uma surpresa. Espinosa deu o último gole no café e foi para a porta esperar a surpresa. De súbito, emoldurando a porta, havia uma moça alta, loira e de olhos azuis.

— Alice! — Abraçou-a. — Como você cresceu, menina — ele exclamou! — E está mais bonita ainda. Cadê aquela garotinha que era minha amiga e que gostava de cachorros...

— Continuo gostando de cachorros, cada vez mais.

— Vamos entrar e nos sentar um pouco — ele convidou. — Me conte sobre você, o que anda fazendo...

— Por onde vou começar — ela disse, sentando-se. — Estou fazendo Veterinária, tenho uma loja com uma amiga, para banho e tosa de bichos, e me descobri lésbica.

— Quantos avanços... Não esperava!

— Estou para me casar com a Giovanna, que também ama cachorros.

— Você quer um suco? — Espinosa perguntou. — Um café?

— Não, obrigada. Vim te atrapalhar, Espinosa?

— De jeito nenhum — ele disse.

— Vim tratar da ração de animal e, quando vi, estava entrando no seu prédio. Mas já estou indo. Hoje é dia de trabalho.

No final, os dois desceram juntos as escadas do edifício e se despediram na rua. Mal Espinosa chegou à delegacia, sentiu que havia um tumulto no ar.

— O que está acontecendo aqui, Lucas? — perguntou.

— Telefonou pra cá um tal de Dodô, dizendo que vai tirar a namorada dele daqui no tapa. Que isso aqui não é lugar decente para uma moça trabalhar; delegacia de polícia é um antro. Que ela é uma moça educada, fina, não sabe o que se passou na cabeça dela pra procurar trabalho numa delegacia de polícia... — ele disse.

Em casa, Andreia tentava convencer seu pai de que iria para o trabalho, que não ia acontecer nada. O pai aconselhava que ela não fosse naquele dia. Que desse um telefonema perguntando se o namorado passara por lá. O rapaz está muito agitado, seria bom você se proteger, o pai disse. A filha concordou e ligou para a delegacia. Nicolas atendeu e fez sinal para Espinosa de que Andreia estava na linha. Espinosa tentou esclarecer com ela a história do tal namorado.

— Na verdade ele não quer que eu trabalhe fora — disse Andreia no telefone, e continuou: — Diz que mulher dele não anda na companhia de delegado de polícia... É porque ele não conhece o senhor, delegado. O senhor é o homem mais ético que conheci, a começar pelo seu nome.

— Obrigado. Mas com esse seu namorado surgido das cavernas, vai ser difícil você continuar a trabalhar.

— Pode deixar que eu falo com ele. Dodô é boa gente. Bateu na ex-namorada porque ela também bateu nele. Viviam se surrando, mas comigo é diferente.

— Bom, que tudo isso então se passe fora da delegacia. Estamos entendidos? — Espinosa disse.

— Tranquilo, delegado — ela respondeu. Desligaram.

De toda forma, foi um dia tenso, ficaram todos de prontidão na 12ª DP, mas o tal Dodô não apareceu. Espinosa não arredou pé; no início da noite voltou para casa. Assim que chegou, viu sua secretária eletrônica piscando. Era Livia. Perguntava se ele ainda queria lhe fazer uma visita. Foi o tempo de Espinosa tomar uma ducha e, num instante, o porteiro já tocava a campainha do interfone do prédio de Livia. Ele levava um vinho nas mãos, adquirido na véspera.

Lina abriu a porta do apartamento. Livia estava à janela, vendo um navio ao longe cruzar a entrada da barra. Quando isso acontecia, eles apitavam. E ela adorava o som abafado do apito dos navios. Espinosa chegou com um chianti nas mãos.

— Viva! — ela disse, ao se virar para ele.

15.

Espinosa sacou a rolha do vinho e se serviu para provar.

— Está bom — disse.

E serviu o cálice de Livia, em seguida o seu. Naquela noite, Livia estava com um vestido muito bonito. Um vestido preto com um belo decote, discreto, porém insinuante. Espinosa o elogiou e ela disse que aquele vestido fora de sua mãe. E como ela gostava muito dele, a mãe a presenteara. Sentaram-se os dois enquanto Lina acabava de pôr a mesa. Iriam degustar o de sempre, acrescido de uma bela posta de salmão defumado. Espinosa estava resolvido a conversar com Livia.

— Livia, pensei muito, e hoje vim decidido a conversar com você. Sem rodeios, e sem constrangê-la, naturalmente.

Ela imaginava o que iria ouvir, todavia, permaneceu em silêncio. Ele voltou a falar.

— A primeira vez que vim aqui foi para uma visita de pêsames, em agradecimento a todas as coisas boas que recebi do Garcia-Roza. Que não foram poucas. O que eu não esperava, é que ele tivesse uma mulher tão bonita e atraente. Desde então, tenho pensado com frequência em você.

Livia sorriu e fez um carinho na mão de Espinosa.

— Você é muito gentil — ela expressou.

— Como disse, eu não esperava, fui pego de surpresa. Uma agradável surpresa, diga-se de passagem. Desde aquele dia, me encantei com você. E quanto mais o tempo passa, maior é o meu encantamento. Você não precisa me responder, mas eu precisava lhe falar. Se tenho ou não chance no seu afeto, o tempo dirá.

Era o que eu estava desejoso para lhe falar. Era isso. Tudo isso. O amor é muito forte pra gente aguentar sozinho.

— Ouvi cada uma de suas palavras, Espinosa, agradeço a generosidade dos elogios, mas temo não retribuir seu afeto. Acho, sinceramente, que meu marido não gostaria que acontecesse. Era muito zeloso da nossa relação. E eu ainda me sinto muito ligada a ele.

— É difícil, mas posso compreender.

— Vamos passar à mesa? — Livia convidou.

— Com prazer. — Espinosa respondeu.

Durante o lanche, ela disse:

— Você sabia que Luiz Alfredo era gêmeo? Prematuro e univitelino?

— Não tinha a menor ideia... E o outro, como se chama?

— Um era o Luiz, o outro, Alfredo, que morreu logo após o nascimento, apesar da dedicação dos pais. Naquela época, a medicina tinha poucos recursos, sobretudo no que dizia respeito a prematuros. Os pais então juntaram os nomes no sobrevivente, de apenas um quilo. Diziam que ele cabia numa caixa de sapatos. A grande questão de Luiz Alfredo sempre foi essa gemelidade. Várias vezes teve impressão de encontrar seu irmão na rua. Chegava em casa me contando. Costumava dizer que não sabia quem havia morrido, se ele ou o outro...

Os dois não se alongaram muito mais na conversa. Logo depois, despediram-se. Espinosa saiu pensativo com a história do Garcia-Roza, que ele desconhecia inteiramente. Cedo, então, a vida fizera um buraco nele. Ele portava esse espanto. Essa interrogação calada. Quem sabe seria o que ele perseguia nos romances policiais?... Costumava dizer que o romance policial era um enigma a ser decifrado e não um problema a ser resolvido. O enigma é aquilo que não se entende, o que está trancado, o puro dentro. O puro outro. Espinosa pensava enquanto se dirigia para casa.

Naquela noite, ao chegar à sua casa, a secretária eletrônica piscava. Era a voz de Nicolas, que dizia que tinham tentado entrar na delegacia, que estava toda pichada e com cartazes. Depois da chamada de Nicolas, Espinosa deu dois telefonemas e, apesar de passar da meia noite, voltou a sair.

Livia estava deitada, sem sono, com um romance nas mãos — *O vermelho e o negro*, de Stendhal — pensando no que Espinosa falara. Esperava não ter sido indelicada. Contudo, disse o que achava que tinha que dizer. "O amor é muito forte pra gente aguentar sozinho"... Ele afirmara. E tinha razão.

A delegacia estava cheia naquele início de madrugada. Policiais e fotógrafos vistoriavam e fotografavam o local. Espinosa fora informado de que a baderna tinha sido provocada por Dodô e sua gangue. Ele então sentia-se forçado a despedir Andreia, embora estivesse satisfeito com o trabalho dela. "Como uma moça tão delicada se mete com um estrupício daqueles...", Espinosa pensava. Já era tarde, mas mesmo assim, da delegacia, Espinosa foi com os policiais comer um sanduíche e tomar um chope no Cervantes.

16.

A busca não foi demorada. Dodô estava escondido na casa da madrinha, em Olaria, mas escapou a tempo. O fato não mereceu uma linha nos jornais. Ataque à delegacia e captura do bandido.

Espinosa marcou encontro, às dez e meia da manhã, na delegacia com a estagiária Andreia. O pai dela tinha atendido o telefone. Disse que a filha estava muito nervosa, mas iria ao encontro. Quando chegou à delegacia, Espinosa encontrou Andreia com olhos vermelhos e torcendo as mãos. Devia estar nervosa mesmo. Espinosa perguntou por que o namorado dela tinha praticado aquele ato de vandalismo na delegacia. Andreia repetiu que ele não queria que ela trabalhasse, muito menos numa delegacia.

— Como você vai resolver isso, não quer ser delegada?...

— Ainda não sei. Dodô era um cara legal, mas depois que passou a se drogar, degringolou, ele e os maus elementos que encontrou pelo caminho.

— E você está pensando em fazer o quê e trabalhar onde? Porque a delegacia era um trabalho importante para o seu futuro como delegada.

— Vou pensar, delegado. Por enquanto, vou assinar meu pedido de demissão, depois volto a entrar em contato com o senhor. Muito obrigada pela oportunidade e desculpe o transtorno que o meu namorado causou. Não lhe queira mal, posso jurar que Dodô é uma boa pessoa.

"Fez esse estrago todo e é uma boa pessoa", Espinosa pensou com seus botões e viu que estava faltando um deles. Voltou para casa para trocar de camisa. Saiu em seguida. E resolveu ir a pé até a cidade. Os últimos acontecimentos se precipitaram e ele não sabia a quantas andava. Uma coisa era certa. Estava só como nunca estivera. Voltou a pensar em Livia e em como seria bom ter a seu lado uma mulher como ela. Será que desistira de procurar o corpo do irmão? Não voltara a tocar no assunto. "Quem seriam os amigos de Livia?", pensava enquanto caminhava. "Com quem ela se confidenciava? Tinha um confidente?" Espinosa sabia tão pouco sobre ela... "E o Garcia-Roza era gêmeo, novidade absoluta..." Quando estava imerso nesses pensamentos, o celular tocou. Ele atendeu Irma e disse estar no meio da rua. Mais tarde, ligaria para ela. Irma, que amava Espinosa, que amava Livia, que amava Garcia-Roza, que amava toda a quadrilha...

De uma coisa estava certo, não queria passar o fim de semana com Irma. Precisava ficar a sós. Os únicos personagens fixos de nossa vida são os mortos. Há tempos Garcia-Roza havia lhe ensinado essa máxima. E era o papel que desempenhava na vida de Livia. Algo inalterável, imutável, eterno. E ele era um mero espectador do enlace dos dois. Sentiu-se numa decadência irremediável, e também, canalha.

Ligou para o consultório do César, seu analista, e marcou hora. "Eu não vivo uma vida normal. Já discutimos sobre isso, César e eu", pensou, sentado no Amarelinho, comendo um bolinho de bacalhau.

17.

Na manhã seguinte, Espinosa rumou para o consultório do César. Dia de muito sol e muito tédio. De vez em quando, ele aparecia para uma sessão. Chegou dizendo que estava sentindo um grande estranhamento diante do vazio. Contou então as últimas coisas que vinham lhe acontecendo.

— Me dei mal por ser otimista — disse —, por acreditar que eu tinha uma chance. — E desandou a falar. No final, César contou que esses momentos confusos talvez fossem pontos de inflexão sobre os quais ele iria construir algo novo.

Quando acabou a consulta, lembrou-se de ligar para Irma. Ela estava inconformada de terminarem assim... "Irma deve ter uma fórmula ideal para términos", Espinosa pensou, mas não disse nada. Ela estava sofrendo, e Espinosa, sentindo um alívio absurdo. Foi muita história. Cansa. Sobretudo para um sujeito como ele, com muitos contatos com a irrealidade. Não sei como Irma não detectou isso ao longo dos anos. Talvez porque lhe ocorra o mesmo. Dois loucos. Não podia dar certo. Em certas ocasiões, o insólito pode ser perigoso. Momento de tensão e espera. Final do telefonema agitado. Tomada de fúria, Irma bateu o telefone. Deixou-a raivosa. Menos mal. Embora Irma tenha certa inclinação para a dor, para a depressão, falta-lhe *pathos*. Ele ainda não tinha chegado à delegacia quando o celular tocou. Era Livia. Livia. Livia. Queria contar que achara o corpo do irmão. Em sonhos.

— Como foi isso? — Espinosa perguntou. Só mesmo apaixonado um delegado dá atenção a essa queixa.

Ela queria que Espinosa fosse à sua casa logo que pudesse. Ele deu uma passada na delegacia e o ambiente estava tranquilo. Falou rapidamente com o Nicolas, que tinham que arranjar outra estagiária, e saiu rumo à avenida Rui Barbosa. Livia o esperava. Mal entrou, ela começou a contar o sonho que tivera com o corpo do irmão.

— Descobri o corpo de meu irmão lá na cidade, na rua paralela à do teatro Dulcina, na Cinelândia. Estava numa agência do Banco do Brasil, de uma época antiga. A cena do sonho é toda em sépia. O corpo estava logo na entrada, longe dos caixas, estirado no chão. Apesar de sujo e morto, era uma figura bonita, com braços e pernas afastados do corpo, cabelo grande encaracolado. Em volta do corpo, vários pontos luminosos. E ele, em forma de estrela. Alguém deve ter avisado sobre o corpo porque, de repente, ele desapareceu, depois voltou a aparecer e a desaparecer em seguida. Fui à casa de mamãe, e tive impressão de que o corpo estava na mesma posição, sobre o tapete da sala dela. Mamãe não chegava, quando apareceu, achou tudo normal.

Tudo o que Livia quisesse contar, Espinosa ouviria. Tinha sido inteiramente capturado. E ela sabia ser envolvente, interessante, apaixonante... O que esperamos da vida senão momentos de paixão? Por nada ele interromperia o fluxo da narrativa dela. No início da noite, despediram-se com um longo abraço.

Espinosa foi em direção a Copacabana. Escolheu um barzinho novo, com mesas e cadeiras nas calçadas. Sentou-se numa delas e pediu um chope. Queria sorver a magnífica experiência de estar apaixonado, quando uma figura alta, mulher trans, com um coque oxigenado no alto da cabeça e esplêndidas pernas à mostra, atravessava a calçada da Atlântica. Atrás dela surgiu um sujeito correndo, que lhe deu um cacete na cabeça. A trans desabou, Espinosa saltou de onde estava e, num instante, algemou o sujeito, que tentou bater nele com as algemas, enquanto Espinosa acionava a delegacia. Em minutos, o bandido foi levado pelo Nicolas.

"Como é difícil estar apaixonado e ser um delegado...", Espinosa pensou.

18.

Espinosa voltou pra casa. A diarista há muito se fora. Tirou a roupa, vestiu uma camiseta e se deitou na cama. De cuecas e camiseta, como gostava de dormir. Queria ficar a sós com seu pensamento, apenas no isolamento total podia amar verdadeiramente. Solitário e sem contato com a realidade. "Na curva perigosa dos cinquenta derrapei neste amor"... Lembrou-se do poema. Estava pensando numa cena com Livia. Queria avançar antes de dormir... Acordou na noite escura com o telefone fixo se estrebuchando de tocar. Tinha esquecido de ligar a secretária eletrônica... Levantou-se trôpego e foi atender. Quem seria àquela hora da madrugada? Escutou uma voz desconhecida do outro lado se dizendo Isolda, amiga de Irma, e que ela tentara o suicídio. *Tristão e Isolda* é uma bela ópera de Wagner, baseada numa lenda medieval.

— Como foi isso? — perguntou.

— Com remédios. Mas está fora de perigo. Já está em casa — a amiga disse.

Irma deve ter mandado a mulher ligar para prejudicar meu sono, Espinosa pensou. Mulheres são vingativas. Pura maldade. E intranquilidade permanente.

— Quando o dia amanhecer, tomo o avião para São Paulo — ele disse à amiga de Irma.

Irma, como ele, Espinosa, não tinha parentes. Na verdade, até recentemente tivera uma tia, que morrera de velhice. E tinha o filho, que morava fora e raramente via. Só que Irma não gostava de solidão, e ele adorava. Tentou dormir um pouco mais, inutilmente.

Levantou-se e foi fazer café. Em seguida, tomou banho, vestiu-se, pegou as chaves de casa e a carteira e seguiu para o aeroporto. "É errado pensar numa realidade prazerosa; num mundo bom", Espinosa pensava, "de pessoas boas; que as coisas vão dar certo; O presente nos faz viver no passado". Espinosa capotou durante o voo. Exaurido. Foi o último passageiro a sair do avião. Seu pai dizia que as mulheres nos drenam. Não estava de todo errado. Chegou à casa de Irma às onze em ponto. Isolda o esperava, de bolsa na mão, para poder sair. Era uma senhora nissei, baixinha, com um cachorrinho pequeno e irado que mordia a bainha da calça de Espinosa.

— Chop Suey, vem cá! — Era a voz de Irma.

Ela estava na cama, toda encolhida, coberta por uma manta azul. Tinha um quê de Adèle H. Havia folhas escritas espalhadas pela cama. Espinosa sentou-se na beirada e segurou a mão dela. Teve pena. Tinha muita pena de quem chegava a esse ponto, mas tudo o que ele queria era não voltar com Irma. Tinha esse direito. De viver sua vida solo. Foi filho único. Queria se manter nesse estado. Conversaram o dia todo (sem alusão à relação), Espinosa contou histórias tristes de sua infância para ver se ela se apiedava dele. Cuidou de Irma. Ela estava doente. No final, deixou-a melhor. Outra amiga viria passar a noite. Voltou para o Rio se arrastando, numa exaustão absoluta. Ao chegar à sua casa, tombou afundado na própria história.

Sonho: Stendhal deixava minha irmã no altar.

No dia seguinte, acordou ainda cansado e um pouco melancólico. Viu que a secretária eletrônica piscava. A noroeste da sala, avistou os livros que tinha comprado e não pusera na estante. Trabalho a fazer com certo equilíbrio. Ainda não era o caso. Na secretária, recados de Nicolas. Entre outras coisas menos importantes, dizia que Lucas tinha adoecido. E Livia? Alguém podia trazer um recado dela? Fazê-lo feliz por instantes?

A espera tem a estrutura da paranoia.

19.

Espinosa ligou para a casa de Lucas para saber sobre sua saúde. A mulher atendeu e disse que ele estava com pneumonia. Mas já tinha sido visto pelo médico e estava melhor. Espinosa se pôs às ordens para o que precisassem. Em seguida ligou para o Nicolas, para que marcasse entrevista com o novo estagiário. Ele estaria na delegacia na parte da manhã.

Queria muito ficar em casa arrumando os livros, mas teria de trabalhar, Espinosa pensou.

Ficou em dúvida entre ligar ou não para Irma, mas desistiu; ela poderia dar outra interpretação ao telefonema. Mulheres são mestras nisso.

Saiu de casa para a delegacia. Ao chegar, havia uma senhora o aguardando. Estranhou, mas foi entrevistá-la. Dona Ivete já tivera experiência como secretária, e quando Espinosa perguntou onde ela morava, respondeu Olaria. Ao término da entrevista, ele disse que, caso fosse aceita, entrariam em contato. Assim que ela saiu, Espinosa pediu que o Nicolas se informasse sobre a senhora Ivete. Pareceu a ele ter alguma ligação com o tal Dodô. Nicolas achou que Espinosa estava delirando.

Ao sair da delegacia, Espinosa não se conteve. Ligou para Livia. Ela o recebeu muito bem e, para surpresa dele, se disse saudosa. Espinosa se animou. Comprou duas dúzias de rosas vermelhas e uma posta de salmão defumado e rumou para a casa dela. Livia abriu um sorriso e os braços para recebê-lo. Entregou o salmão nas mãos de Lina e foi cuidar das flores. Na varanda de sua casa havia uma pequena pia de azulejos portugueses; ela levou as flores para lá e abriu a torneira. Percebia-se que tinha prazer em lidar com a água. O amor é fonte, fluxo e frescor. Há que se conhecer a gênese das águas. E ter gestos e cântaros. Espinosa pensava enquanto observava Livia arrumando o jarro de flores. Voltou a dizer que queria conversar com ela. Sentaram-se frente a frente. Ele então disse que havia pensado na situação deles, e achava que o problema dela era com o marido, enquanto o dele era com seu criador. Acontece que eles eram a mesma pessoa.

— O meu problema é antigo — ele disse —, eu sentia que ele não gostava quando as pessoas iam à livraria e perguntavam se tinha saído mais um Espinosa, e não mais um romance do Garcia-Roza. Mas a verdade é que eu ficava cada dia mais conhecido. E isso o incomodava, achava que eu estava tomando o seu lugar. E agora, na nossa relação, isso se duplica. Sou seu duplo, seu espelho, sua alegria e seu pesar. Sei o quanto você o amou, também devo tudo a ele; contudo, precisamos construir uma nova história, que não esteja em lugar algum.

De repente, Espinosa se entusiasmara, e Livia então o abraçou. Um abraço quente e longo.

20.

No dia seguinte, a diarista contou que o prédio havia sido todo pichado.

— O senhor sabia, seu Espinosa?

Ele estava acordando, tivera uma noite agitada, de pesadelos em alto mar. Achava que tinha sonhado com Moby Dick, um dos seus livros prediletos. "Como alguém que escreve Moby Dick, escreve também Bartleby?; só mesmo tendo o gênio de Melville...", Espinosa pensava. Foi olhar pela janela e constatou a sujeira. Ligou imediatamente para a delegacia; pelos seus cálculos Nicolas já devia ter chegado. Este veio ao telefone e disse que iria tomar providências; e que a senhora Ivete era madrinha do tal Dodô. Como Espinosa havia suposto.

— Despacha, Nicolas, despacha! — Espinosa disse. — E descubra o endereço do malfeitor. Em breve iremos fazer-lhe uma visita. Espero que até lá o Lucas já esteja recuperado.

Espinosa queria continuar no clima que estivera com Livia; todavia, a realidade, com sua desordem, imperava.

Ele tomou banho, vestiu-se e saiu. Foi em direção ao Pavão Azul; estava saudoso das pataniscas. Lá, tornou a encontrar o jornalista Joaquim Ferreira dos Santos, que era amigo do delegado da Hilário de Gouveia. Lá pelas tantas, o delegado apareceu. Queria conhecer o Espinosa, de quem tanto ouvira falar. Àquela altura, o boteco estava cheio. "Comida boa e cerveja barata, quem não quer?", Espinosa pensou. Conversaram, Espinosa e o delegado. Dali, a convite do delegado, Espinosa foi conhecer a delegacia da Hilário de Gouveia. Aproveitou e contou sobre o tal Dodô, e disse que estava pensando em lhe fazer uma visita. O delegado disse que, se Espinosa estivesse precisando de reforço, podia contar com o pessoal dele. Espinosa agradeceu e disse que um de seus homens ligaria, caso fosse necessário.

— Delegados unidos jamais serão vencidos! — disse o delegado, soltando uma risada e um tapa nas costas de Espinosa.

Espinosa voltou para casa com a esperança de que o prédio já estivesse limpo. Ao chegar à sua rua, viu que os garis terminavam a limpeza. Entrou em casa e a secretária eletrônica piscava. A diarista estava terminando o serviço. Ele foi ouvir o recado. Era Irma. Pedia que ele ligasse de volta.

— Caceta! — exclamou, e foi trocar de roupa. Vestiu sua indefectível bermuda e uma camiseta. Lavou as mãos e o rosto e foi ligar para Irma. Antes, serviu-se de uma talagada de uísque. Certos momentos exigem bebida forte. Tomou um trago.

Irma estava deprimida e lamurienta. Não podia entender como uma relação boa, sólida, estável, acabava de uma hora pra outra.

— As coisas acabam — Espinosa afirmou, com uma ponta de irritação.

Ela disse que sabia. E foi aquele chove não molha, aquela lengalenga, aquela cantilena, aquela queixa infindável...

— Vamos nos falar em outro momento, Irma — sugeriu. — Estou cansado e com muita dor de cabeça. — Desligou.

Ela irou-se.

— Ufa! — Espinosa exclamou. As mulheres se foram. A diarista não contava, porque era absolutamente silenciosa. Livre finalmente para pensar na única mulher que queria que permanecesse até o final dos seus dias. Botou um Sinatra antigo para tocar, deu mais um gole no uísque e até achou a vida boa. Sentou-se na cadeira de balanço e deixou que as ideias aflorassem anarquicamente. Começou a chover. "Faltava-me chuva", ele pensou, "o sol seca, a chuva umedece e faz brotar". Passou o dia em casa.

Acordou de madrugada com inquietações indefiníveis.

21.

Espinosa acordou cedo e foi para a delegacia. Estava com um plano que, com homens certos (no caso, Lucas e Nicolas), daria o resultado esperado. O desmonte da cabeça do bando. Já estava a par de tudo, só não sabia como aquele bandido tinha cismado com ele e com seu local de trabalho. Sua namorada, Andreia, se é que ainda era namorada, desapareceu. E não havia sido substituída. Para ir à casa do bandido, precisava apenas esperar que o Lucas tivesse se restabelecido. Foi conversar com o Nicolas, que estranhou sua animação matutina.

— Nicolas, preciso que você descubra o endereço do tal Dodô. Precisamos liquidar esses bandidos. Consta que é um sítio grande em Xerém, Caxias. Longe à beça. Lá ele treina o pessoal que trabalha com ele. Os capangas. Soube que o Dodô é um exímio atirador de facas. Já acertou uns e outros. Precisamos pegá-lo distraído. Esperemos o Lucas se recuperar e vamos os três ao encontro do bando. Eu vou na frente e vocês ficam na retaguarda. O delegado da Hilário de Gouveia ofereceu o pessoal dele. Qualquer coisa, a gente pede reforço. Tudo certo, Nicolas?

— Tudo, chefe.

— Agora preciso ir andando.

— Boa sorte, delegado!

Espinosa foi ao endereço de um bandoneonista, que alguém lhe havia dado, para contratar seus serviços. Muito simpático, o músico. Por incrível que pareça, o bandoneón foi inventado por um músico alemão. O nome original refere-se ao sobrenome do músico, Band. Foi criado para ser usado na música religiosa e na música popular alemã. O bandoneonista e Espinosa haviam marcado para as oito da noite na portaria do prédio de Livia. Dali, Espinosa foi almoçar no Lamas.

O Restaurante Café Lamas é um restaurante histórico. Tradição de 147 anos. Frequentado por políticos, músicos e personalidades. Considerado o melhor filé mignon do Rio de Janeiro. Fazia tempo que Espinosa não aparecia por lá para aquele maravilhoso filé com fritas. Foi o que pediu, acompanhado de um chope. O bar estava razoavelmente vazio. Enchia-se à noite, e assim varava a madrugada. Espinosa almoçou checando o plano que fizera. Não havia erro, se bem que o imprevisto sempre existe. Na saída do Lamas, foi a um sebo no Catete. Fuçando aqui e ali descobriu verdadeiras pepitas. Passou boa parte do fim de tarde e início de noite no sebo. Os donos do local o reconheceram e ficaram de enviar o lote adquirido no dia seguinte. Saiu feliz da livraria. Foi direto para o endereço de Livia. De longe, divisou o bandoneón parado na portaria do edifício. Começaram a serenata com o tango *A Media Luz*.

— "Y todo a media luz [...]

[...] La media luz de amor."

Livia apareceu sorridente na janela. E ali seguiu, encantada. Três músicas depois, despediram-se. Espinosa acertou com o bandoneonista e foi direto para Copacabana sentar-se num bar e deliciar-se com o tanto de amor que estava sentindo. A lembrança é sempre mais forte porque traz a densidade da experiência, pensou.

Em meio ao torpor daquele momento, invadido pelos mais belos sentimentos, sentiu uma batida forte na nuca e perdeu os sentidos.

22.

Espinosa acordou numa mesa de exames. A enfermeira lhe dizia que ficasse quieto e com a cabeça imóvel. Iriam fazer uma ressonância do seu cérebro. A noite da véspera veio toda em sua memória. Filho da puta! Fazia um grande esforço para não reclamar, dizer que a cabeça doía e que os barulhos que a máquina fazia eram ensurdecedores. A tortura demorou para acabar. No final, levaram-no de maca para o quarto onde o esperavam Nicolas e Lucas. Os caras mais bacanas que Espinosa conhecia.

— Você ficou bom? — Espinosa perguntou ao Lucas.

— Pronto pra outra — ele disse, e continuou: — Também tive quem me cuidasse.

— O delegado também está arranjando quem cuide dele... — Nicolas disse.

Nicolas estava muito por dentro da minha vida, Espinosa pensou. Mas não disse nada porque sua cabeça doía horrores. Só pensava no frasco de Novalgina que estava na prateleira da cozinha de sua casa.

— Vão me liberar? — perguntou.

— Daqui a pouco. Estão esperando o resultado do exame — Nicolas disse. — É melhor não falar muito, o médico avisou.

— Vamos embora — Espinosa disse.

— Calma, chefe — Lucas falou.

Pouco depois, o médico entrou dizendo que a pancada tinha sido grande, mas a área cerebral não fora afetada. Tivera muita sorte. Estava liberado.

Espinosa agradeceu e saíram os três. Despediram-se e puseram-no num táxi.

— Bairro Peixoto — Espinosa disse ao motorista.

O Bairro Peixoto é um bucólico bairro dentro de Copacabana, que se destaca pela ausência de estabelecimentos comerciais, inclusive de bares e restaurantes.

O dia estava claro e o céu limpo, sem nuvens. Espinosa só pensava em se deitar. Apagar.

Ao chegar em casa, cumprimentou a diarista, tomou a Novalgina e foi se deitar. A cabeça doía muito. "Ainda mato aquele filho da puta...", pensou.

Dormiu a tarde toda. Acordou melhor, com menos dor de cabeça. A secretária eletrônica piscava. Telefonema de Irma. De jeito nenhum iria falar com ela naquele momento... Precisava de coisas boas, leves, sãs. Irma, com aquele jeito de mulher bem resolvida, tem uma depressão insidiosa e maléfica. Atordoa quem está perto. Ainda estava de ressaca do telefonema anterior. Ficaram tanto tempo juntos e só agora Espinosa reparava nos defeitos dela. Graves.

O interfone estava tocando. A diarista atendeu. Era Alice. Queria apresentá-lo a Giovanna.

— Diga para subirem — Espinosa gemeu da sala.

"Tudo bem. Gente feliz, gente leve. Que venham", pensou. Elas entraram. Uma lufada de beleza na sala!

— Tudo bem, queridas?

— Tudo — responderam, quase em uníssono.

— O que você tem, Espinosa? Está abatido... — Alice observou.

— Golpes da sorte! Levei um cacete de um bandido... E vocês, como vão?

— Estamos de férias. Vamos pra Portugal. Ah, esta é a Giovanna, de quem eu te falei.

— Muito bonita. Vocês se parecem.

— Quer uma ajuda aí com os livros?...

— Obrigado. Ainda estou fazendo cálculos.

— Está bom. Então estamos indo.

— Quando voltarem de Portugal, venham me fazer uma visita. Espero não estar tão arriado...

— Tchau, então — disseram as duas.

— Tchau, belas! Belas, tchau!

Fim da beleza na casa.

Espinosa voltou à arrumação dos livros. Outros já tinham chegado. Boa coisa para fazer naquele momento, pensou. Mas antes ia tomar um cafezinho.

— Jezebel! (Tinha se esquecido do nome da diarista.) Me arruma um café!

Pouco depois, a diarista entrou sorrindo com a bandeja do café.

Em seguida, Espinosa lembrou-se de marcar hora com César. Já que estava em vias de matar uma pessoa, era melhor dar um pulo na análise. Avisar ao César. "Não sei bem se aquilo é uma pessoa, em todo caso...", Espinosa pensou. César tinha horário para aquele dia mesmo. Espinosa foi à sessão.

Entrou falante. Contou das perseguições, dos ataques, das tentativas de assassinato. César ouvia tudo em silêncio.

— Não vai dizer nada? — Espinosa perguntou.

— Você veio aqui pra se curar de você — César disse.

E deu por finda a sessão.

"Analista joga com a inteligência alheia. Caso o sujeito seja um pouco obtuso, fica na mesma. Mas desta vez não entendi completamente", Espinosa pensou.

"Fui à análise pra me curar de mim, *por supuesto*. Mas o que o cu tem a ver com as calças?", Espinosa se perguntava. Depois decidiu espairecer, caminhar um pouco. "Quem sabe a verdade se estampe cristalina diante de meus olhos?", pensou.

Desistiu. Ainda estava cansado, mesmo tendo dormido a noite toda. Voltou para casa, descongelou uma lasanha, comeu e dormiu. Antes, ouviu a secretária eletrônica apitando. Irma devia estar lá dentro, brigando com ele. Veio a noite, veio o dia, veio o outro dia, nada. Nenhuma luz. Tudo apagado. Nem um farolete. Que frase mais enigmática!

Espinosa ficou em casa na parte da manhã. Deu uma boa arrumação nos livros. Que continuavam sustentados por si próprios. Depois, no final da tarde dourada, como são os entardeceres no Rio, folheava um dos livros do sebo, quando o telefone fixo tocou. Livia. Livia. Livia.

23.

No dia seguinte, Espinosa estava de saída para a casa de Livia quando Irma subitamente apareceu com uma caixa de bombons. Deu um leve sorriso e entregou-lhe a caixa. Ele ainda sentia dor de cabeça. "Mas que porrada!", pensou. Teve impulso de dizer que não estava, que aquele que ela via era o seu duplo, mas se controlou, Irma não gostava de brincadeira. Além do que, era um homem civilizado, e até então nunca fizera uma descortesia a uma mulher; não seria agora que teria ímpetos de esganar Irma. Ela sentou-se, ele também, com a caixa de bombons no colo. Agradeceu o presente. E prometeu a si mesmo ser paciente. Teria uma infinita e santa paciência.

O clima estava tenso, carregado. Tudo se resumia a uma palavra: rejeição. Irma não suportava ser rejeitada e queria uma explicação. As pessoas se expõem, não é mesmo? Querem sofrer mais, muito mais. "E se eu lhe dissesse a verdade nua e crua, sem mais delongas? Ela suportaria? Não me acharia monstruoso?", tudo isso Espinosa pensou. E disse:

— Irma, sinto muitíssimo, mas meu desejo de estar com você cessou por completo.

Ela soltou um grito agudo. Espinosa assustou-se. Gesto incompreensível para uma mulher elegante como Irma, pensou. Onde estamos?! Com o grito, a diarista apareceu, olhou para Irma, olhou para ele, e se retirou. Espinosa foi à cozinha e sussurrou para ela que estava de saída. Quando a senhora perguntasse, oferecesse um cafezinho e dissesse que ele tinha um compromisso inadiável. Desceu correndo pelas escadas. Alcançou a rua e continuou a correr até encontrar um táxi e se meter dentro dele. Assim que entrou na delegacia, Nicolas perguntou porque ele estava arfante daquele jeito. Mulheres, respondeu. E lembrou-se do recente episódio que atingira sua cabeça.

— Caso a Irma apareça por aqui, diga que eu tive um compromisso com outro delegado — disse ao Nicolas.

Foi embora. Descansou quando avistou o prédio de Livia. Ela perguntou o que tinha acontecido (ele devia continuar arfante). Problemas no trabalho, Espinosa disse. Faria qualquer coisa para ter paz. "Sou um sujeito que já sofre enormemente", Espinosa pensava. "Meus pensamentos não me dão trégua; não preciso de mais uma louca ao lado."

Havia meia hora que estava na casa de Livia e continuava agitado. Um desespero irremediável. "O que será que Irma está fazendo no meu apartamento?", pensou. "Terá sumido com meus livros? Minhas meias e sapatos? Será que bateu na diarista? Arrebentou minha secretária eletrônica? Tocou fogo nos lençóis? Tudo é possível... Inclusive ver nossa própria raiva no outro, segundo o Dr. César..."

— Quer um café, Espinosa?— Livia ofereceu.

— Aceito um beijo — ele respondeu.

Livia fez uma cara espantada e foi beijar-lhe a face. Espinosa escorregou o lado do rosto e beijou os lábios dela. Com ardor. Depois do beijo, ficaram cerimoniosos um com o outro. Como se tivessem infringido uma regra. Uma lei. O espelho se turvou. O fantasma que os possuía e que era maior que os dois. Despediram-se.

Espinosa foi para um bar na avenida Atlântica. Torcendo para não ser acertado mais uma vez. E também para não topar com Irma ensandecida. Sentou-se, pediu um chope, e ficou se deliciando com os lábios carnudos de Livia. Que coisa mais saborosa e voluptuosa... Estava nesse momento idílico, quando escutou seu nome pronunciado por uma voz feminina. Achou que era Irma. Um frio percorreu sua espinha.

— Posso sentar? — ela disse.

Era a estagiária que trabalhara na delegacia, de quem ele tinha esquecido o nome.

— Sim, claro — respondeu.

— Quero dizer que terminei com o Dodô assim que saí da delegacia. Mas estava doida pra encontrar o senhor. Precisava avisá-lo de que está correndo perigo...

— É, ele tem tentado me matar...

— Disse que o senhor é parecido com um parente que ele odeia. Mas tome cuidado. Ele está muito envolvido com o crime organizado.

— Que azar, né?

— Muito.

— Obrigado por avisar.

Quando ela saiu, Espinosa ligou para a delegacia para combinar com os policiais as técnicas de ação no confronto.

Chegou à sua casa e tudo estava nos seus devidos lugares, mas havia uma carta sobre a secretária eletrônica que ele não abriria naquela noite. Se é que a abriria. Foi se deitar. Não antes de pegar a caneca com água que todo dia deixava na mesa de cabeceira.

Acordou no meio da noite para tomar um gole.

Sonho: Hemingway dizia que ia ser moleza.

24.

No dia seguinte, acordou, tomou café e foi direto para a delegacia. Quando chegou, encontrou o Lucas; Nicolas ligara avisando que chegaria um pouco atrasado. Aproveitaram e conversaram, o Lucas e ele. Lucas contou sobre a pneumonia que teve e que havia precisado tomar duas caixas de antibióticos para debelá-la. Vilma, sua mulher, ficou muito nervosa. Fez até promessa para ele ficar bom. Sua mãe foi aos Capuchinhos, contava. Os meninos já rezavam aos pés de sua cama. Assustei todo mundo. Mas fiquei bom.

Lucas e Nicolas regulavam em idade. Lucas era casado, e Nicolas, separado. Ambos tinham filhos. E Espinosa não via o dele há anos. Mal dava notícias. Nicolas chegou e foram se reunir. Combinar táticas de ação. Os dois achavam melhor já chegarem com reforço. Não sabiam quantos iriam enfrentar. Nicolas teve boas ideias. Conversaram durante quase toda a manhã. Depois, foram à Trattoria da Fernandes Mendes para comer uma massa. Estavam famintos. Luciana, dona da Trattoria, apareceu para perguntar se estavam bem servidos.

— Quando não? — Espinosa disse.

Conversaram um pouco com ela. Dali, Espinosa voltou para casa, para acabar a arrumação dos livros.

Estava mais desorientado do que de costume. Encontrou a secretária eletrônica piscando. Ele já havia apagado a mensagem de Irma, logo, era uma mensagem nova. Voz de homem:

— Estamos esperando. Dodô.

"Como ele tinha conseguido o número do meu telefone?", Espinosa se perguntou. Ah, do tempo que sua namorada trabalhava na delegacia. Precisava trocar de número. Era o que ele iria providenciar. Avisou ao Lucas e ao Nicolas sobre o telefonema do Dodô e deixou o delegado da Hilário de Gouveia de sobreaviso.

Depois da arrumação dos livros, tratou de trocar o número do telefone. "Essas coisas dão trabalho...", pensou. Teve que ir à cidade. Ficou esperando a sua vez, com uma senhora ao lado perguntando se era domingo.

— O senhor tem certeza? — ela dizia.

Troca feita, finalmente, pôde avisar o novo número na delegacia, também à Livia e ao filho, embora este raras vezes ligasse.

À tardinha, sentou-se na cadeira de balanço com o livro *Palmeiras Selvagens*, de Faulkner. Às dez da noite se deu conta da hora. Descongelou a última lasanha. Precisava pedir mais congelados. A secretária voltou a piscar. Só notou depois do jantar.

— Não adianta trocar de número porque eu te localizo. — Voz de Irma.

"Por isso escolhi o imaginário para viver", Espinosa pensou. "Quem suporta os tropeços com o real?" Apagou a mensagem e se apagou na cama.

25.

Espinosa chegou antes dos rapazes à delegacia. Estava ansioso e fugindo de Irma. Sozinho na delegacia, olhava para o mobiliário antigo e escuro. Os móveis, os objetos de escritório e a máquina de escrever antiga (mais utilizada do que o computador), eram da época do regime militar, do tempo da ditadura.

Lucas chegou antes de Nicolas. Estava ansioso também. Espinosa notou porque ele falava mais rápido do que o habitual. Agia mais rápido também. O homem ideal para a empreitada que se descortinava no horizonte. Nicolas chegou quinze minutos depois do combinado, desculpando-se. O pneu de seu carro furara no caminho e ele teve que trocar. Depois, os três, juntos, passaram em revista o plano da ação.

No horário do almoço, comeram um sanduíche e deixaram para fazer a refeição na volta. Pouco depois, estacionou na frente da delegacia uma viatura com o pessoal do reforço. Espinosa foi recebê-los e apresentá-los ao Lucas e ao Nicolas. Combinaram de sair ao meio-dia em ponto da delegacia. E assim foi feito. Partiram rumo a Xerém, no município de Caxias.

O dia estava quente, como sói acontecer no Rio de Janeiro, principalmente no verão e ainda mais na zona da Baixada Fluminense. A Baixada é uma região geográfica pertencente à região Metropolitana do Rio de Janeiro, chamada de Grande Rio. No século XIX era uma região única, pertencente à atual Nova Iguaçu, também conhecida como Iguaçu Velho. Teria muito mais a dizer sobre a Baixada, mas poderia ficar longo e cansativo. E, como estão acompanhando, eles estavam numa missão.

Arriscadíssima. Viajaram por mais de uma hora pela paisagem suja, populosa e desalentada do subúrbio. Chegaram frente a um grande portão de ferro, no endereço certo. Espinosa conferiu a numeração pintada no muro. O motorista desacelerou e foram transpondo o imenso portão. O chão era de terra batida, com pouca ou quase nenhuma vegetação. As duas viaturas, uma atrás da outra, rodavam vagarosamente. Ladeando o terreno, duas construções vazadas em paralelo, a perder de vista. Logo no início, havia um velho sentado sobre um caixote. Espinosa pediu que o motorista parasse e fez uma pergunta ao velho. No entanto, não obteve resposta; não ficou sabendo se o velho não quis responder, se estava surdo ou demente. Seguiram terreno adentro.

Os homens espiavam para todos os lados, mas não havia vivalma naquelas paragens. Saltaram das viaturas para vistoriarem o terreno a pé. Entravam e saíam das construções vazadas, onde só havia telhado ao longo dos corredores. Não encontraram ninguém. E assim ficaram por mais de uma hora, vasculhando tudo, quando enfim perceberam que o tal Dodô havia evacuado o local com seus homens. Decepcionados, voltaram, mais atentos ainda. Tudo podia acontecer. Ao retornarem, foram jantar juntos e com poucas palavras.

Ao chegar em casa, o cansaço era tanto que Espinosa esqueceu de acender a luz; tropeçava nos livros que deixara próximo à porta da entrada; no fundo da sala, a secretária eletrônica piscava. Espinosa foi escutar os recados. Acendeu a luz, apagou o recado de Irma, e o recado seguinte era do meliante:

— Tu é muito mané; né, delegado?

26.

Deitado na cama, Espinosa dedicou o resto da noite a entender o que estava acontecendo. De repente, surgira em sua vida alguém que, pelo simples fato de ele, Espinosa, se assemelhar a outra pessoa, odiada, queria aniquilá-lo. "O sujeito quer me matar porque lhe lembro alguém odiado? Preciso acreditar nisso? Motivação muito furada... A verdade aparecerá quando ele estiver atrás das grades", pensou. Dodô, de quem levantaram a ficha, era um vagabundo contumaz. Nunca fez nada na vida a não ser atirar facas nas pessoas. Poderia trabalhar no circo. O fato é que Espinosa estava com um sujeito perigoso nos calcanhares. Tinha que dar cabo dele antes que o inverso acontecesse. E assim, pensando, pegou no sono.

Na manhã seguinte, lembrou à diarista que pedisse congelados. E queria ver Livia. Livia. Livia. A voz dela, com seu entusiasmo, seu jeito feminino e forte, não conseguia ser superada em sonhos. E não só isso, seu corpo de textura aveludada era uma presença deliciosa. Irma, apesar das qualidades, parecia um rapazote. Mas ele estava evitando ir à casa de Livia porque o sujeito estava no seu encalço. Não queria que o tal Dodô descobrisse o endereço de Livia, muito menos que lhe fizesse mal.

Ainda tomava café quando o telefone tocou. Era Irma. Espinosa resolveu enfrentar. Ver se assim ela dava descanso. Disse a Irma que estava tentando equacionar um caso difícil, trabalhosíssimo, perigoso, e precisava de paz para trabalhar, antes de cair morto. Que ela tentasse ser razoável, compreensiva, ele não estava com tempo para coisa alguma... Irma o aparteou dizendo que para

Livia ele tinha tempo. Pensou que, dessa maneira, fosse surpreendê-lo. Necas. Ou ele não se chamaria Espinosa.

— Que mal pergunte, como você soube de Livia? — ele indagou.

— Contratei um detetive particular pra seguir seus passos.

— Vou te prender, Irma!

— Estou seguindo para a Espanha, vou passar um mês na casa de minha prima.

Despediram-se. Espinosa ainda conseguiu desejar boa viagem. Menos uma louca atrás de mim, pensou.

Acabou de tomar o café, vestiu-se e foi célere para a delegacia. Chegou dizendo que precisava de escolta 24 horas por dia. Um guarda-costas. Nicolas estava ao telefone, mas ouviu o que ele disse. Fez sinal com o polegar. Lucas disse que iria providenciar naquele dia mesmo. Espinosa conversou com os dois na delegacia e de lá foram almoçar na Churrascaria Majórica. Em seguida, ele foi à casa de Livia. Encontraram-se depois de dias sem se ver e também depois daquele beijo. Abraçaram-se forte na porta de entrada do apartamento dela. Depois sentaram-se e ele contou o que estava acontecendo. Não queria expô-la de forma nenhuma, ele disse, mas ela precisava estar a par dos acontecimentos, até porque o bandido devia ter feito um levantamento sobre a vida dela.

Ao subir, tinha visto um policial na portaria. Ele já estava com cobertura. Quando desceu, o policial disse que o Dodô tinha passado por ali, e descreveu o bandido. O cerco apertava. Espinosa ligou para a delegacia pedindo que eles destacassem outro policial, e deu o endereço de Livia.

Foi à Avenida Atlântica com Rodrigo, o assim chamado guarda-costas. Mal se sentaram num barzinho, Dodô surgiu no horizonte.

27.

Espinosa ligou para a delegacia e deu o endereço do bar da Atlântica onde estavam, pedindo que trouxessem reforço. Quem sabe pegariam o bandido em plena Princesinha do Mar?

Dodô vinha gingando pelo calçadão, estilo malandro antigo. Era um homem alto, excessivamente magro e anguloso. Lembrava uma faca. "Não foi à toa o objeto escolhido", Espinosa refletiu. Tinha, a seu lado, dois outros homens. Estes eram baixos e atarracados. Um deles era oriental. Dodô vinha com uma faca dentro do bolso da calça, com o cabo do lado de fora. Vez ou outra apalpava o bolso, no intuito de se certificar que a faca continuava ali. O fim de tarde estava glorioso. O céu estava róseo e azul, e o sol dourado mergulhava lentamente no horizonte. Não era um bom dia para se morrer, Espinosa pensou.

Os três passaram pela mesa onde estavam antes de Lucas e Nicolas chegarem. Espinosa, então, avisou ao guarda-costas sobre a presença do bandido. Ao passarem por eles, Dodô cumprimentou Espinosa com um risinho e seguiu caminho. "É muito debochado, uma ousadia desse filho da puta!", Espinosa pensou, e concluiu que perdera uma oportunidade; já havia motivo suficiente para algemá-lo e jogá-lo na cadeia.

Os rapazes chegaram. Espinosa contou sobre o acontecimento. Quiseram ir atrás dele, mas Espinosa disse que o bandido iria voltar. Decidiram então esperar, porém o maldito não voltou a passar. Brincar com a polícia dá cadeia...

Estava nesse espírito, quando Alice veio passando pela mesa, sem a namorada.

— Que vida boa, hein, delegado...

— Nem te falo querida.

— O que está fazendo, Espinosa?

— Tomando chope. Quer se unir a nós?

— Tenho de voltar. Fui comprar cadeado para as malas. Embarcamos amanhã.

— Boa viagem, querida.

Lá se foi ela, com os últimos raios de sol.

Espinosa estava querendo voltar para casa e reler *Crime e Castigo*, de Dostoiévski. Tinha achado o livro num dos sebos, numa nova edição. Quem teria aberto mão do livro?... Há tempos, *Crime e Castigo* ocupava um lugar de honra no seu imaginário. E vinha procurando-o. Seu exemplar havia desaparecido. Naquela noite, ia comer uma salada de macarrão acompanhada de um rosbife. O vinho seria um pinot noir. O telefone tocou, não havia de ser Irma, que já devia ter embarcado. Espinosa estava comemorando a ida dela. Um alívio que poucos imaginavam. Era a voz de Dodô. Já o reconhecia pelo tom de voz:

— Havemos de nos encontrar outra vez...

Espinosa ia responder quando ele desligou. Pensou em vários impropérios para xingar o filho da puta!

Passaram-se dias sem que tivessem notícias do Dodô.

— Deve ter se malocado em algum lugar — Espinosa considerou.

Os rapazes achavam que ou ele estava doente ou tinha viajado.

— Passaram fogo nele — o guarda-costas opinou.

Teria sido morto?

— Pouco provável — Nicolas disse.

— Está fazendo suspense — comentou Lucas.

— Sim, mas não dá pra relaxar a guarda — Espinosa encerrou o assunto.

28.

Ainda era cedo — o sol não havia se posto, se bem que no Rio, no horário de verão, custa a escurecer —, quando Espinosa ligou para Livia para saber se ela tinha compromisso. Ela disse que uma neta ficara de passar na casa dela, mas não havia confirmado até aquela hora, portanto, estava livre.

— Quer vir conhecer meu apartamento e jantar comigo? — Espinosa arriscou.

De início, ela hesitou, depois, aceitou. Quando ele desligou o aparelho, tratou de trocar os lençóis. Nunca se sabe, pensou. Depois espargiu uma loção no quarto. Deu um jeito também no banheiro. E pôs uma roupa condizente com a noite que o esperava.

Livia chegou, pontualmente, às oito e meia. Perfumada, bonita, carinhosa. Qual homem pode querer coisa melhor? Ficaram bebericando antes do jantar. Beberam bem. Começaram a ficar engraçados e relaxados, quando então Espinosa pegou Livia pela mão e levou-a para o quarto. Ela não ofereceu resistência. Enquanto a beijava, tirou peça por peça de sua vestimenta; desnudava-se no mesmo ritmo também. Livia envolveu os braços em torno do pescoço dele, para não ficar tão exposta, talvez, como também para ficar mais junto dele. Deitaram-se. O quarto estava na penumbra. Não havia ruído nas ruas, apenas o som da respiração de ambos. Lá fora estava deserto, era um feriado. A luz do lampião da rua tremulava dentro do quarto. Amaram-se. E se amaram. E se amaram. Jantaram de madrugada, ao som de uma música antiga de Sinatra, depois voltaram a se deitar e dormiram abraçados. Bem maior não há. Pela manhã, Espinosa viu quando ela se levantou, se vestiu e desapareceu do quarto. Ao se levantar, havia um bilhete sob a torradeira: "Ame-me sempre mais." "Que maravilha", Espinosa pensou. Sua vida amorosa tinha encontrado rumo. E isso era uma dádiva. Uma benção. Um bem.

O telefone tocou. Era Nicolas, contando que Lucas quase havia sido atingido pelo Dodô. Escapou a tempo. Ele reapareceu na rua justo quando Lucas vinha para a delegacia. Ele, Nicolas, achava que os dois também precisavam de guarda-costas, mas antes precisavam da autorização dele, Espinosa, que tomou seu café e foi para a delegacia.

Lá, combinaram mais dois guarda-costas. Qualquer dia, a delegacia ficaria vazia, Espinosa pensou, mas não se preocupou. Estava tão leve e feliz que os dois repararam.

— Foi boa a noite de ontem, não é, delegado? — disse Nicolas.

— Foi ótima — ele respondeu.

— Estamos vendo que o senhor está muito feliz — Lucas comentou.

— Como nunca, rapazes. Mas agora vamos aos acertos aqui.

Depois da delegacia, Espinosa foi para o Leme. Tinham inaugurado um barzinho lá e ele queria ficar apreciando as ondas (era um dia de ressaca), relembrando a noite passada com Livia. E, sobretudo, ficar pensando no caso Dodô, que estava frouxo, sem rumo. Nas mãos do bandido.

A praia do Leme é famosa entre os surfistas, mas, naquele dia, só havia ondas e mais ondas. Espinosa comeu um camarão no espeto, acompanhado de um chope. O Leme é conhecido como a Pedra do Leme. Uma rocha coberta por bosques, coroado pelo forte colonial. Tem uma vista deslumbrante do litoral. Colado a Copacabana, o Leme é pacato e tranquilo. Bom para quem quer pensar. Estava para se levantar, com a conta paga, quando o telefone tocou. Era Livia, para contar que o tal Dodô tinha aparecido e ferido seu guarda-costas. Ela deu o nome do hospital para onde o rapaz fora levado. Espinosa rumou para lá.

29.

Felizmente, o ferimento fora superficial. Espinosa chegou à delegacia acompanhado do policial. Disse que ele fosse descansar e providenciou outro guarda-costas para Livia. Avisou-a por telefone.

— Preciso conversar com vocês — disse Espinosa a Nicolas e para Lucas. E foi para sua sala com eles.

Mal sentaram-se, Espinosa disse:

— Trata-se do seguinte. Andei pensando no caso e acho que estamos no caminho errado; perdidos, andando em círculos. Cheguei à conclusão de que esse Dodô deve ser pau mandado. Algo me diz que tem algum figurão por trás dessa história. É uma hipótese. A meu ver, verossímil. Quero que vocês investiguem. Vamos inverter a mão da história. Quem vai atrás agora somos nós. Agir, em lugar de reagir. Usem disfarces e se tornem outros. Amanhã mesmo deem início à investigação. Qualquer coisa, me comuniquem.

Na manhã seguinte, devidamente disfarçados, Lucas e Nicolas se dirigiram ao bar onde Dodô costumava tomar café. O bar estava cheio àquela hora da manhã. E lá estava ele, tomando café. Nem notou que os dois policiais estavam na sua cola. Pouco depois, montou numa moto, que estava estacionada em frente ao bar, tendo um dos capangas na garupa. Os dois os seguiram de carro. Dodô parou a moto em frente a uma grande casa com jardim na Avenida Epitácio Pessoa, na Lagoa. Uma das poucas casas que resistiu à expansão imobiliária. A Lagoa Rodrigo de Freitas é uma lagoa localizada na zona sul do Rio. Embora receba as águas de diversos rios tributários que descem das encostas circundantes, entre os quais se destaca o rio dos Macacos, ela apresenta águas salobras. Dodô saltou, e seu campana ficou próximo a uma banca de revistas. Nicolas aproveitou a passagem de um grupo de pessoas em frente à casa para imiscuir-se entre eles e entrar. Lucas, por sua vez, ficou de campana próximo à casa. No jardim, Nicolas se escondeu entre as folhagens, numa operação arriscadíssima. De lá, conseguiu ouvir uma voz de mulher:

— Vou continuar na minha invisibilidade. Não preciso conferir seu trabalho, Eduardo. Você não é um garotinho que a mamãe tem que ver se fez o dever direito... Quero resultados! O delegado em minhas mãos. A meus pés! Meu Menezes está velho, com o pau bambo pra caralho... E o delegado está muito desperdiçado. Pelo jeito vou fazer uma carreira de delegados... Quero esse homem pra mim, está me entendendo? Se não for por bem, será por mal. Estou sendo clara? Precisa de mais dinheiro? Diga quanto. Não fique com essa cara de paspalho... Se liga, bocó! Espinosa está afinzaço de mim. Vi perfeitamente o cacete dele se movimentando. Durango Kid! Vou fazer ele fechar o livro. Dar uma coça de boceta nele. Tive uma ideia! (Fez-se silêncio. Nicolas ficou tenso.) A voz retornou: vem cá pra dentro, Eduardo. Até as plantas têm ouvidos...

Nicolas saiu da casa tranquilamente, como se tivesse ido dar um recado. Deu graças a Deus dos donos não terem cachorro. O campana de Dodô estava distraído na beira da lagoa, apreciando a turma do remo. Entrou dentro do carro. Ele e Lucas foram direto para a delegacia. Chegaram empolgados para contar ao delegado o que tinham descoberto. O "ouro" do caso Dodô. Espinosa ouviu tudo com atenção.

— Então é isso — disse no final do relato. — Tenho ideia de quem seja o delegado... Continuem a investigação. No controle da situação.

Mais tarde eles foram jantar no Bar Lagoa. Espinosa pensou em convidar Livia, mas achou melhor proteger sua relação com ela. Os bandidos não sabiam de quem se tratava, e era melhor que não soubessem.

Ao chegarem ao Bar Lagoa, sentaram-se longe dos fregueses, na varanda, que estava razoavelmente vazia.

30.

Livia estava em casa, sentindo dor nas costas. Havia algum tempo debruçara-se sobre um livro. Foi se deitar um pouco e logo estava pensando em Espinosa e nela. A história que já existia e que os dois estavam encenando de outro jeito. Tudo começou quando Espinosa foi lhe fazer uma visita de condolências por ela ter perdido seu marido, autor dele. Que talento o do meu marido em criar semelhante personagem! Dali, do primeiro momento, ela começou a se apaixonar. Onde os levaria tudo aquilo? Seria uma boa relação para sua vida, já que ela vinha carregada de tamanha complexidade? Iria conversar com Espinosa. Os dois tinham ficado de se encontrar à noite. Naquele fim de tarde ela teria um grupo de leitura.

Espinosa estava na delegacia, que naquele dia se encontrava particularmente movimentada. Roubos, furtos, assaltos. Coisas de pouca monta, ele contaria mais tarde. Na hora do almoço, foi ao Luigi's, na praça São Salvador. Depois de pedir um penne all'arrabiata e uma cerveja (no Luigi's não tem chope), ele ficou pensando no que Livia queria conversar. Não havia nenhuma novidade, a não ser a história deles ter pertencido à vida e à obra de Garcia-Roza. Ele, Espinosa, tinha a liberdade que a ficção dá, além de ser um caso encerrado, enquanto Livia fazia parte dos mortais. Uma bela mortal, diga-se de passagem.

Espinosa chegou à sua casa a tempo de um banho e de sair para a casa de Livia. Em sua caixa de correio havia um cartão. Era de Alice. "Que graça, essa menina!", pensou. Depois de apreciar a figura, virou o cartão. Estava escrito:

“Espinosa querido, achei que você ia gostar de receber este cartão. Estamos adorando a Espanha. Daqui vamos para Portugal, e de lá, com sorte, para Paris! Beijos para você. Alice e Giovanna.”

Pouco depois, Espinosa tocava a campainha da casa de Livia. Levava uma garrafa de vinho e os queijos brie e camembert. Ela veio abrir a porta. Eles se abraçaram demoradamente. Logo foram para a mesa, devidamente arranjada para a ceia.

Espinosa não se enganara sobre o que Livia queria conversar. A pré-história deles a atormentava. Por vezes, incomodava a Espinosa também, mas nada que o fizesse mudar o rumo dos acontecimentos. Os dois conversaram durante um longo tempo. Antes de Espinosa ir embora, ele disse:

— Somos o resto de nossa outra vida, Livia, só podemos escapar para a frente. Vamos construir nossa vida apesar de nós mesmos.

Em casa, antes de dormir, Espinosa pensou que não podia mais viver sem Livia.

Sonho: Visitava Borges. Este lhe falava sobre sonhos.

31.

Espinosa acordou com o telefone tocando. Era o Nicolas que dizia:

— Chefe, sequestraram o Lucas.

— Como foi isso?

— Estávamos no endereço da Lagoa, Lucas estava fazendo campana pra mim quando o pegaram e o levaram. Vi o sequestro do ponto onde eu estava, mas não pude fazer nada. Antes de ir embora, passei na banca de revistas para saber se o jornaleiro tinha visto alguma coisa e não só ele tinha visto, como também anotou o número da placa do carro em que o Lucas foi levado.

— Avise ao pessoal da delegacia e vamos iniciar as buscas.

No dia seguinte, Livia pensava no que Espinosa dissera para ela: "Somos o resto de nossa outra vida. Só podemos escapar para a frente. Vamos construir nossa vida apesar de nós mesmos."

Ela concordou com Espinosa; todavia, era muito difícil. Tivera uma boa e longa relação com o marido e não pensara em traí-lo algum dia; no entanto, tinha acontecido. Como Espinosa, Livia também fazia análise. E, naquele dia, ela tinha consulta. A analista já sabia sobre Espinosa. Livia chegou à sessão angustiada, sem saber o que fazer.

— Hoje foi um dia de muita escrita e muita saudade. Lamento tanto as dificuldades que meu marido enfrentou, sofreu, resistiu. Volta e meia penso em tudo aquilo. E fico angustiada. Muitos foram os procedimentos, os exames, o corpo excessivamente manipulado. Ele não reclamava. Luiz Alfredo era um resistente. Jamais reclamou do que quer que fosse. O que me comovia mais ainda — dizia à analista.

Livia não sabia se continuava com Espinosa ou se rompia a relação. Chorou durante quase toda a sessão. No final, a analista disse:

— Por que não criar um novo tempo, um tempo presente?

Livia saiu da consulta com sensação de liberdade e decisão.

Nicolas voltou a ligar para Espinosa.

— Os policiais destacados encontraram o carro abandonado na Rua Alice, em Santa Tereza.

— Sinal de que levaram o Lucas para lá. Cerquem as saídas de Santa Tereza — disse Espinosa.

Livia estava se sentindo leve. Chegou em casa, trocou de roupa e foi dar uma caminhada antes do almoço. Seu rito silencioso. O sol já ensaiava sua força para tempos vindouros. Dia claro, convidativo, sereno, mal se ouvia o sopro dos coqueiros. Livia avistou, ao longe, Dulce, filha de uma amiga de sua mãe. Ela foi ao encontro de Livia para dizer o quanto sentia falta daqueles tempos...

— Oh, Dulce, tão cedo e a me emocionar — Livia disse.

Na volta, sentiu seus passos apressados. Subiu no elevador querendo contar à mãe quem havia encontrado, mas na metade do percurso já a havia perdido, como perdido estava todo o encantamento de outrora. Bela palavra, outrora!

À tarde ligaram para a delegacia para saber se Espinosa pagaria o resgate. E disseram o valor. Naquele instante, a ligação caiu.

O telefone voltou a chamar, mas, daquela vez, era a mulher de Lucas, chorando, querendo notícias. Espinosa disse que, assim que tivessem notícias, ela seria avisada.

À noite, Espinosa foi direto para a casa de Livia. Quando chegou, numa cena linda, ela sorria com um cálice de champanhe na mão.

32.

— Meu pai está aí? — um rapaz perguntava na porta da delegacia.

— Quem é seu pai? — um dos policiais indagou.

— O delegado Espinosa — ele respondeu.

— Você não tem o celular dele?

— Quero fazer surpresa.

— Senta aqui. — O policial ofereceu uma cadeira. — Ele costuma vir um pouco mais tarde. Mas já deve estar chegando, porque está conduzindo um caso.

Luiz sentou-se. Era um belo rapaz; alto, loiro e muito jovem.

Espinosa chegou pouco depois.

Estivera relendo *O silêncio da chuva*, que em breve iria para as telas.

Assim que Espinosa viu o filho, os dois se abraçaram forte. Pouco depois, saíram para almoçar juntos. Luiz estava com saudades da Trattoria, onde era levado pelo pai quando menino. Mas antes de saírem, Espinosa trocou umas palavras com o Nicolas, sobre o sequestro do Lucas. Pediu que ligassem para a casa dele dizendo que fora encontrado; sua mulher estava preocupada. Depois, os dois, pai e filho, rumaram para Copacabana.

Na delegacia, Nicolas tomava notas sobre o sequestro para entregá-las a Espinosa.

A investigação apontou que o crime foi planejado por Eduardo Matos (Dodô, um jovem assassino de aluguel) e seus comparsas. A informação sobre o sequestro e a colaboração do jornaleiro local foi decisiva para o resgate de Lucas Monteiro, policial, 38 anos, nessa quinta-feira. Lucas foi encontrado numa casa em Olaria.

O foco era resgatá-lo com vida. Foram 60 horas de investigação. Os investigadores acionaram a Delegacia de Roubos, que possui uma divisão antissequestro. O trabalho apontou para um pequeno grupo que não tinha experiência nesse tipo de crime, mas que fora bem planejado. Foi um crime premeditado e organizado para acontecer.

À noite, Espinosa foi para a casa de Livia e ela estava alegre. Contava, animada, que sua neta mais velha vinha dos Estados Unidos com o filho, Oliver. Ela queria muito que Espinosa o conhecesse. Ele era bem pequeno, e já falava inglês! Espinosa então contou que seu filho também tinha chegado dos Estados Unidos naquele dia.

— Quem sabe vieram no mesmo voo? — ele disse.

Contou que almoçara com o filho na Trattoria. Ele viera por pouco tempo. Iria ficar na casa de uma tia.

— Os meninos estão chegando...

Mal Livia acabou de pronunciar a frase, caiu no chão, desmaiada.

33.

Espinosa chamou uma ambulância, que chegou em minutos e levou Livia para o hospital. Ele seguiu com ela na ambulância, ao lado do motorista. O hospital Samaritano ficava relativamente perto de onde Livia morava. Lá, enquanto ele preenchia a ficha de entrada, Livia foi levada para a emergência. Quando chegou ao boxe onde ela estava, encontrou-a já na maca, sendo conduzida para fazer ressonância magnética.

Na volta do exame, o médico veio falar com Espinosa. Disse que ela estava com apendicite aguda e tinha de ser operada com urgência. Logo após ouvir as palavras do médico, Espinosa ligou para a casa de Livia e pediu que Lina ligasse para as filhas e netas de Livia, informando que ela seria operada com urgência e que estava no hospital Samaritano. Ligou também para o seu filho; disse que depois conversariam. E ficou sentado no boxe de emergência, com seu pensamento em Livia, torcendo por ela.

De repente, bateram de leve na porta do boxe, era uma moça linda, com carinha eslava, de estrangeira, perguntando pela avó. Era Anaik, neta mais velha de Livia, que tinha chegado dos Estados Unidos. Cumprimentou Espinosa e os dois ficaram conversando enquanto Livia não voltava da sala de cirurgia. Pouco depois chegaram as filhas de Livia. Primeiro uma, depois a outra. Ficaram todos conversando sobre o acontecimento que levara Livia a ser operada. Uma das filhas, médica, pediu licença e foi para a sala de cirurgia. Voltou trazendo notícias. Contou que a operação corria bem.

Enquanto isso, no jardim da casa da Lagoa, Nicolas ouvia todas as palavras de Esmeralda.

— Estou muito decepcionada com você, Eduardo. Então abandonou o homem no cativeiro... Que trabalho sujo! O menos importante era o dinheiro do resgate. Você sabe que eu sou uma mulher rica, Eduardo. Dinheiro eu posso lhe dar bastante, contanto que trabalhe direito. Presta atenção, senão será despedido. Mais uma e eu nunca mais vou querer ver sua cara!

Nicolas saiu do jardim da casa da Lagoa. Naquele dia, outro policial, Álvaro, estava fazendo campana. Nicolas foi se encontrar com ele, que conversava com o jornaleiro. Seu José sabia de tudo e de todos. Era a memória daquele trecho da Lagoa. Tinha aquela banca havia muitos anos e se afeiçoara às pessoas do local. Era um bom homem. Gostava das crianças, dava balas para elas e vendia fiado para os fregueses. Qualquer dúvida naquele trecho da lagoa, bastava consultá-lo.

A cirurgia de Livia terminara. Ela ainda estava sedada. No hospital, arranjaram um bom quarto para ela. Espinosa continuava a seu lado. Só iria embora deixando-a acordada. Enquanto isso, conversava com suas filhas e netas, que já o conheciam dos romances do Garcia-Roza. Anaik contou a ele que também era personagem do avô: era a Alice, que aparecia pouco nos livros. De repente, Livia despertou. Os olhos de ambos se encontraram: os seus e os de Espinosa. Ele contou o que tinha acontecido com ela, e que a operação fora um sucesso. Livia sorriu e voltou a fechar os olhos. Ele beijou a testa dela, despediu-se das moças, e disse que voltaria no final da tarde. Na saída, ao atravessar a rua para pegar um táxi do outro lado, surgiu um carro desembestado que quase o atropela. Espinosa conseguiu ver Dodô na direção, que daquela vez tinha aparecido motorizado.

34.

Nicolas contou para Espinosa sobre as palavras de Esmeralda. Espinosa disse aos policiais que redobrassem a segurança. Que ele mesmo, Espinosa, fora quase atropelado mais cedo.

— Dodô e seu bando vão atacar cada vez mais; estão interessados na vultuosa quantia que irão ganhar caso peguem qualquer um de nós.

"Lucas ainda estava em casa se recuperando do sequestro e Livia no hospital", Espinosa pensava. "E que graça aquela neta dela, a Anaik". Ele só não tinha conhecido o menino pequeno, mas com a internação de Livia, os planos se alteraram.

Espinosa voltou ao hospital naquele mesmo dia e encontrou Livia bem acordada, querendo saber detalhes do que se passara com ela. Os dois então conversaram. Ele falou mais do que ela, que estava impedida por causa dos gases. No hospital, acompanhando Livia, sua neta mais moça, Laís. "Mais uma moça linda", pensou Espinosa, "linda e doce".

Mais tarde, jantando com o filho, Espinosa contava sobre Livia, que era viúva do Garcia-Roza; que a situação em si não era fácil, mas que ele não desistiria. Tinha encontrado em Livia a mulher que havia procurado durante toda a vida.

— Um detetive apaixonado já é em si uma paródia do gênero — comentou com um risinho.

Luiz disse ao pai que achava muito complicado ele ser personagem do Garcia-Roza e estar apaixonado pela viúva dele. Que isso podia trazer muita confusão. Mas Espinosa disse que não só ele estava atento, como Livia também. Para ela, essa era uma questão conflitante, enquanto para ele era apenas difícil. Os dois conversaram um pouco mais e depois se despediram. Espinosa foi para casa, esperava-o o livro *The Tin Man*, de Dashiell Hammett. Depois de lavar o rosto, escovar os dentes e trocar de roupa, foi se sentar na cadeira de balanço e abriu o livro. "Uma guinada para o policial irônico", pensou. Pouco tempo depois de começar a leitura, ele ouviu um barulho na janela, mas, embalado como estava, não deu importância. De repente, ouviu mais um barulho, e mais outro... Levantou-se com a certeza de que sua casa estava sendo apedrejada por Dodô e seu bando. Ligou para a delegacia.

Livia perguntou ao médico quando teria alta. Ele disse que estava pensando em liberá-la no dia seguinte, contanto que ela fizesse repouso por mais alguns dias. Ela então pediu que Laís ligasse para Espinosa. Laís ligou, mas não conseguiu falar porque o telefone estava o tempo todo ocupado.

Enquanto isso, na casa da Lagoa, Esmeralda estava aflita, sem notícias do Eduardo. Seu marido, o delegado aposentado, perguntava o que estava acontecendo.

— Nada — ela disse — mas pode estar acontecendo alguma coisa com o crápula em quem estou pensando...

— Por que você não diz do que se trata? — ele perguntou.

— Porque não vai adiantar nada, Menezes.

Nesse momento, a cabeça dele pendeu sobre a mesa. Estava morto.

35.

No dia seguinte, Livia foi levada para casa por Laís, que não tinha conseguido falar com Espinosa. Cedo, ele tinha ido para a delegacia. Com a morte do delegado Menezes, a 12ª DP estava movimentada. Embora não conhecesse o delegado Menezes pessoalmente, e mesmo sabendo do risco que corria, Espinosa se sentiu na obrigação de passar no velório, quando muito não fosse, para dar os pêsames à viúva. Conhecer Esmeralda. Espinosa pediu que Nicolas o acompanhasse e que mais dois policiais ficassem de campana na saída do cemitério São João Batista, que dá para duas ruas. Uma delas, é onde fica a capela, a outra é a da entrada principal do cemitério. O enterro seria naquele mesmo dia.

De longe se via que o local estava lotado. Estava difícil inclusive encontrar vaga para estacionar a viatura. Mal desceu do carro, Espinosa viu Dodô nos degraus que levavam à capela.

— Vamos passar direto por ele — sussurrou para o Nicolas.

E assim fizeram. Dentro, havia tanta gente que o ar estava irrespirável. Espinosa cumprimentou uns e outros e conseguiu se aproximar da viúva para lhe dar os pêsames. Só não sabia que Esmeralda era tão jovem. Dali, ele pensou em ir embora. Resolveu descer pelos caminhos do cemitério enquanto o féretro não saía. Dodô e mais dois bandidos seguiram Espinosa e Nicolas, que começaram a correr entre as lápides. Num dos momentos da corrida, Espinosa passou pelo túmulo dos Garcia-Roza. Quase se deteve ali, mas, naquele momento, seria impossível. Se assim o fizesse, seria capturado. Pediu ao Nicolas que telefonasse para os policiais que tinham ficado de campana, para que eles parassem a viatura na frente do cemitério com as portas abertas. Após driblar exaustivamente os bandidos, saltando sobre canteiros e sepulturas, Espinosa correu para a porta principal e entrou na viatura; Nicolas entrou atrás dele. Conseguiram não ser pegos porque, na corrida, Dodô escorregou, caiu, e levou segundos para se levantar e voltar a correr. Dentro da viatura, antes de consultar o celular, Espinosa disse que os bandidos não estavam dando trégua. Na noite anterior, tinham apedrejado a janela do seu apartamento, e naquele dia, escoraram-nos no cemitério...

No celular havia uma mensagem de Livia. Soube então que ela já estava em casa. Pediu aos rapazes que o deixassem na Avenida Rui Barbosa.

Espinosa encontrou Livia ainda de cama. Contou a perseguição sofrida no enterro. Laís, que lá estava, ouviu tudo de olhos arregalados. Depois disse que estava passando o bastão, beijou a avó, despediu-se de Espinosa e saiu.

Livia queria saber sobre o enterro. Espinosa contou que a viúva era bem jovem.

— E era bonita também? — Livia perguntou.

— Não tanto quanto você, meu bem — ele observou.

Já passava do meio-dia quando Espinosa disse que tinha que ir embora. Seu filho embarcaria de volta e eles tinham combinado de almoçar juntos para se despedirem.

Nicolas seguiu Dodô naquele dia e viu quando ele se endereçou para a casa da Lagoa. Álvaro acompanhou Nicolas; Lucas ainda não tinha voltado à ativa. Nicolas já se encontrava entre os arbustos do jardim (daquela vez foi fácil se misturar às pessoas que entravam na casa). Dali, escutou:

— O homem veio falar comigo no velório e você perde a chance de pegá-lo, Eduardo? Que tipo de bandido você é? Está começando na profissão? Dando os primeiros passos? Mas é muito panaca...

Só não te xingo mais porque estou com visitas em casa, mas não me conformo com o homem ter estado lá e você não ter feito nada... Agora vou ficar com meus amigos. E hoje não tem grana. Está dispensado. Desapareça da minha frente!

Nicolas saiu rápido, embora estivesse disfarçado. Havia se trocado dentro da viatura. Do jeito que estava, nem mesmo ele se reconheceria. Álvaro e ele foram direto para a delegacia e ficaram esperando Espinosa, que custava a chegar do almoço. Ligaram para a casa de Livia; Espinosa já havia saído há um bom tempo. Deixaram recados no celular dele. Espinosa não retornava. O que poderia ter acontecido ao delegado?...

36.

Espinosa não dava notícias e tampouco respondia às mensagens. As horas se passavam sem que se soubesse do delegado. Ao cair da tarde, ele foi visto em Copacabana, saindo de um sebo, ao lado de um burro-sem-rabo. Havia adquirido um lote de sessenta livros. Entrou num táxi e chegando à sua casa avisou à diarista que teriam a visita de muitos estrangeiros. Ela precisaria fazer espaço na sala, recebê-los bem. Espinosa estava feliz, assobiando. Sentou-se na cadeira de balanço e ficou imaginando a chegada dos livros. Nesse momento, consultou o celular e viu que estavam preocupados com seu sumiço. Mal abaixou o aparelho, ouviu um baque na porta da frente. Correu célere para a cozinha e de lá para as escadas do prédio, e ficou na rua em frente esperando pelo burro-sem-rabo que devia estar chegando. O bandido Dodô tinha metido o pé na porta de seu apartamento e estava lá dentro. Espinosa acionou a delegacia, e em minutos chegou uma viatura com dois policiais que entraram no prédio. Teve início uma troca de tiros dentro do seu apartamento e Espinosa torcia para que não atingissem a diarista. Nesse momento, o burro-sem-rabo chegou com a encomenda. Espinosa pediu ao homem que esperasse um pouco; ele já voltaria. E foi tomar café no bar da esquina, de onde podia ver o que se passava no seu apartamento. Viu quando o Dodô e seu comparsa saíram do prédio. Esperou que desaparecessem de moto para voltar para casa. Passou pelo dono do burro-sem-rabo e disse que estava tudo bem, que podia subir. Ao entrar no apartamento, Espinosa viu que um dos policiais ainda estava lá, tinha sido baleado na troca de tiros. Chamou uma ambulância e pediu que outro policial acompanhasse o colega. Mais tarde ele ligaria para ter notícias.

Livia já estava se levantando e começara a andar dentro do apartamento. Regou as plantas e marcou encontro com seu grupo de leitura. Estava se sentindo melhor. Depois, sentou-se para escrever. Havia algum tempo escrevia um livro em homenagem a seu marido. Tinha posto o nome do delegado como título: Espinosa. Precisava contar para ele.

Lucas voltara ao trabalho e perguntara por Espinosa. Nicolas contou que o delegado tinha acabado de passar por lá. Devia, àquela altura, estar no chaveiro, providenciando outro cadeado para sua porta de entrada. Quando teve tempo, Espinosa ligou para Livia.

Mais tarde, quando as coisas serenaram, o celular de Espinosa tocou e caiu na caixa de recados. A viúva Esmeralda queria falar com ele. Espinosa ouviu o recado e ficou pensativo. Foi para a casa de Livia e encontrou-a bem disposta. Resolveram comemorar. Ligaram para a delicatéssen e pediram uma garrafa de vinho, uma baguete e um queijo tipo emmental. Fizeram um fondue de queijo. Contudo, Livia estava achando Espinosa diferente, ansioso.

— O que há com você, Espinosa? — ela perguntou.

— Talvez o efeito do ataque sofrido à tarde. Aquele rapaz não perde por esperar.

Nesse instante, Espinosa telefonou para ter notícias do policial que fora alvejado. Já tinha sido liberado. E na sua caixa de recados havia outra mensagem de Esmeralda.

— Até pode ser isso, Espinosa, mas que você está estranho, está — Livia disse.

— Está bom o fondue? — ele perguntou.

— É por causa da Esmeralda? — Livia perguntou.

— Como por causa da Esmeralda?... Não a conheço — ele afirmou.

— Conheceu-a no velório.

— Dei os pêsames e acabou.

— Comigo você também deu os pêsames e começou.

Espinosa resolveu não discutir com Livia. Silenciou. Mais tarde voltou para casa. Quando o celular tocou, ele decidiu atender.

— Não recebeu meus recados, delegado?

Era a voz de Esmeralda.

37.

— Muito obrigada pelo comparecimento ao velório do meu marido, delegado. — ela disse. — Fiquei surpresa e emocionada. Gostaria de saber se o senhor poderia vir à minha casa porque tenho um assunto sério a tratar consigo.

— Qual assunto? — Espinosa perguntou.

— Tenho medo de falar pelo telefone — ela disse. — Vivem grampeando os aparelhos aqui de casa, o senhor sabe como é casa de delegado, não é mesmo?

— Preciso pensar — ele declarou.

— Compreendo, delegado. Daqui a uma semana volto a entrar em contato.

"O que queria aquela moça comigo? Não era me pegar para matar? E agora quer que eu vá à casa dela pra quê? Ela precisa me dizer o motivo para eu ir até lá. Vou conversar com o Nicolas." Depois de contar sobre o telefonema de Esmeralda para Nicolas, este disse:

— Ela estaria propondo um cessar fogo, delegado?

— Dificilmente.

— Acho então que ela está interessada no senhor. Muitas ficam.

— Que maçada! Conhece essa expressão, Nicolas? É do tempo dos meus avós. Bem, tenho que ir à luta. Dar uma busca no meu apartamento, ver se os bandidos não deixaram nenhuma pegadinha, e depois dar um jeito na estante. Mas antes vou ligar para Livia. Ela é muito intuitiva. Já pescou a Esmeralda... Mulheres são terríveis. Até mais, Nicolas.

Espinosa passou a tarde arrumando os livros que o burro sem rabo tinha levado.

— Acho que qualquer dia o senhor vai ter de trocar de apartamento — disse a diarista.

— Acho que a senhora tem razão — ele disse.

O celular tocou algumas vezes, mas Espinosa não atendeu. Queria deixar a estante em equilíbrio. Ao menos ela tinha de estar em equilíbrio, ele pensou.

Antes de sair para a casa de Livia, Espinosa consultou seu celular e viu que havia duas chamadas de Esmeralda. Essa moça é insistente... Pensou. Depois foi para a casa de Livia. Quando chegou na casa dela, Livia estava escrevendo, soube então que escrevia um policial em homenagem a seu marido, e pusera o nome dele, Espinosa, como título. Nossa história se enovela cada vez mais, ele pensou.

Na saída, passou no supermercado para fazer compras. Em seguida, foi pra casa. Tinha passado um dia razoavelmente tranquilo, pensou. A diarista já tinha saído quando Espinosa tirou um estrogonofe do congelador. Nesse momento, a campainha de sua casa tocou. Ele foi abrir a porta e Esmeralda estava à sua frente, quase desnuda. Uma morena jambo. Uma vaga globosa, rósea, amarelo-rosada, aromática e suculenta.

38.

— Não vai me convidar para entrar? — ela disse.

"Maior atrevimento impossível", pensou Espinosa.

— Eu ia jantar. Mas o jantar pode esperar. Entre.

Esmeralda entrou.

— O que você quer? — perguntou Espinosa.

— Ter uma conversa franca com você. Não vai me convidar para sentar?

Espinosa apalpou disfarçadamente seu bolso da calça para conferir se o 38 estava lá.

— Sente-se — ele disse, apontando para uma das cadeiras.

Esmeralda sentou-se dando um cruzado de suas belas pernas, deixando as à amostra.

— Não vai se sentar, Espinosa? — ela disse.

— Estou bem assim. Do que se trata?

— Contratei o Dodô porque eu queria te conhecer, afinal você é o rei dos delegados aqui no Rio de Janeiro. Não há quem não te conheça. Só se fala em você. É o "darling" do pedaço... Todas as mulheres são apaixonadas por você, sabia? Achei que esse seria o método mais rápido. Vir à sua casa. Você está disponível, não é?

— Estar sozinho não significa que eu esteja disponível. Não estou.

— Não posso ser a outra?

Esmeralda deu outra cruzada de pernas, a calcinha apareceu.

— Não. Era o que tinha pra me dizer?

— Pra dizer era, pra fazer, não.

— Tenho muito trabalho ainda hoje.

— Já vou. Ela se levantou. Vamos nos ver de novo, delegado. Com certeza!

Esmeralda se levantou e saiu. Espinosa sentiu que ela ainda ia dar muito trabalho.

Livia telefonou. Queria saber porque ele não atendia as chamadas. Já tinha ligado várias vezes.

— Estava jantando — ele disse.

— Está bem. Boa noite, querido.

— Boa noite.

Espinosa foi jantar. Imaginando o que ainda o esperava. Mal sentou-se para comer, a campainha tocou. Era Alice. Tinha chegado de viagem e queria entregar o presente, o romance policial que havia comprado.

— Obrigada querida — ele disse. — Entre, venha.

— Por que essa cara de quem perdeu a boneca?... — Espinosa perguntou.

— Giovanna e eu terminamos no meio da viagem. Foi muito triste e difícil... Você deve entender essas coisas...

— Nas coisas do amor estamos sempre aprendendo, Alice. Siga em frente para uma nova aprendizagem.

Espinosa ofereceu um cafezinho, mas Alice tinha trazido um fuminho. Perguntou se Espinosa queria. Ele aceitou e ficaram os dois, fumando maconha, ouvindo Ravi Shankar.

A campainha voltou a tocar. "Quem seria àquela hora", Espinosa pensou. Foi abrir a porta e Irma estava na frente dele.

39.

— Podemos conversar? — Irma perguntou.

Alice se levantou, dizendo que estava de saída. Juntou as coisas dela e foi embora.

— Tchau, Espinosa. Depois eu volto — ela disse da porta.

Espinosa ofereceu fumo para Irma, que torceu o nariz e agradeceu.

— Agora você deu pra essas coisas... Puxar fumo com uma adolescente?...

— Alice não é adolescente. E hoje me ofereceu fumo. O que tem?

— Nada. Mas não vim pra discutir. Quero dizer que soube por um advogado que quando se tem uma relação longa e estável no tempo, nosso caso, há mais de dez anos, tem-se direito à pensão. É o meu caso. Além do mais, tenho testemunha. Sua faxineira é uma delas.

— Advogado fajuto.

— Pode ser de comum acordo ou litigiosa. Você escolhe.

— Irma, decidi hoje ter uma noite tranquila.

— Bem, vim visitar uma amiga e aproveitei pra vir falar da pensão. Estou indo. Aguardo notícias.

Espinosa levantou-se, levou Irma até a porta, esperou um pouco, e voltou a esquentar o prato sozinho. Como gostava de ficar. O sonho de Robinson Crusoé era uma constante.

No dia seguinte, Espinosa acordou com o interfone tocando. O porteiro disse que tinha chegado uma encomenda grande para ele. Espinosa pediu que, quando a diarista chegasse, ele a mandasse por ela. A diarista chegou reclamando do peso do embrulho. Era uma cesta de café da manhã pelo Dia dos Pais. Presente da Esmeralda. Uma caixa de madeira contendo: guardanapo de tecido, uma garrafa de vinho, queijos — brie, gorgonzola, goulda e prato —, salame, peito de peru, presunto, petisqueira de amendoim colorido, castanhas, nozes, damasco seco, azeitonas, picles, uvas, morangos, pão de mel e pão artesanal. Espinosa guardou metade na geladeira e comeu uma uva. Em seguida, dedicou três horas seguidas à leitura de *Colina Negra*, de Bruce Chatwin. Só passaria na delegacia na parte da tarde.

Nicolas e Lucas tinham feito um levantamento da vida de Esmeralda, a pedido de Espinosa. Estava dentro de um envelope lacrado em sua mesa na delegacia.

40.

No dia seguinte, cedo, Espinosa chegou à delegacia. Em sua mesa, além dos processos habituais, o envelope lacrado. Ele abriu:

"Péssimos antecedentes morais. Faz parte de uma quadrilha organizada que visa seduzir velhos para lhes extorquir dinheiro. Ela funciona como isca da quadrilha. O delegado Menezes, morto havia poucos dias, é o caso mais recente. Ele era rico e sem filhos. Ela deve herdar todos os bens, a começar pela bela propriedade da Lagoa."

Dodô estava na casa de Esmeralda esperando que descesse para o café da manhã. Ela chegou, sentou-se na varanda, onde gostava de tomar café, e lhe disse:

— Eduardo, chamei você aqui porque vamos mudar de tática em relação ao delegado Espinosa. Por hora, suspendam os ataques, você e seus homens. Mas não o percam de vista. Temos muito futuro pela frente, o delegado e eu. Então, de hoje em diante, vida mansa, mas vocês vão continuar a receber o salário. Trato é trato. E não se esqueçam de continuar a guardar a minha casa. Nunca se sabe. Agora pode ir. Por ora está dispensado.

O celular do Espinosa tocou. Era Irma. Espinosa atendeu.

— Podemos conversar? — ela disse.

— Não podemos. Estou muito ocupado.

— E hoje à noite?

— Também estarei ocupado.

— Eu ligo em outro momento. Bom dia.

— Bom dia.

Da delegacia, Espinosa foi direto para a casa de Livia. Ela o esperava saudosa. Ficaram abraçados na porta de entrada, demoradamente. Livia tinha uma surpresa. Contou que eles tinham sido convidados para assistir *O silêncio da chuva* na Première Brasil do Festival Rio. Será uma prévia da obra de Luiz Alfredo Garcia-Roza, que chegará às telas de cinema no dia 23 de novembro próximo. Espinosa disse que gostaria muito de assistir e tinha ficado muito contente em saber que o Lázaro Ramos ia representar o seu papel. Livia e Espinosa abriram um champanhe para comemorar a estreia do filme. Estavam animados, quando chegou uma mensagem do Lucas convidando os dois para a estreia de um circo no Rio, na Praça Tiradentes. Eles estavam pensando em levar os filhos e seria uma oportunidade de conhecerem a Livia, de quem tanto tinham ouvido falar. A mulher do Lucas iria também, assim como a namorada do Nicolas. Livia aceitou o convite. Ficaram então de se encontrar assim que o circo chegasse, o que demoraria ainda alguns dias. Espinosa e Livia acharam melhor não irem à estreia de *O silêncio da chuva*. Seria uma exposição desnecessária, ele disse; porém iriam à estreia do circo na Praça Tiradentes. Despediram-se alegres. Quando Espinosa voltou pra casa encontrou Esmeralda esperando por ele, sentada nos degraus da escada do prédio.

Essa mangaba especiosa, essa siriguela, essa jaca rosácea, bebeu sol.

41.

Entraram juntos no apartamento.

— Tenho um dia muito cheio hoje — ele advertiu.

— Só vim tomar um café — ela disse.

Estava praticamente desnuda como da vez anterior. "Devia andar sempre assim para atrair a atenção", Espinosa pensou.

— Vamos dar um mergulho antes do seu dia cheio, delegado?

— Não.

Espinosa pôs a cafeteira para funcionar. Enquanto isso, ficou arrumando os livros. Assim que a cafeteira apitou foi pegar o café.

— Com ou sem açúcar? — perguntou.

— Com açúcar, por favor.

Depois do café, Esmeralda disse que estava de saída. Voltaria outra hora.

— Ah, já viu o meu biquíni novo? — Exibiu-o, desfilando pela sala.

Espinosa jamais havia visto um corpo tão bem feito quanto o daquela moça. Mostrando o biquíni — o corpo — ela roçou ligeiramente o braço dele, que se conteve e o retraiu. Espinosa estava hipnotizado pela visão.

— Por que tanta frescuragem, delegado. Comi muito o cunhado do Garcia-Roza, sabia?... — ela disse.

Espinosa permaneceu imóvel. "Esmeralda era a Leda que não era Leda? Estou matando dois coelhos com uma cajadada só?..." As perguntas lhe vinham uma atrás da outra. "Leda seria Esmeralda?..." Ela então se encaminhou para a porta e reiterou que voltaria outra hora.

Assim que ela saiu, Irma chamou pelo celular.

— E aí, Espinosa, como ficamos após dez anos de relacionamento?

— Ficamos como sempre, você com seu empregão em São Paulo e eu um simples delegado de polícia no Rio. Estou pensando inclusive em lhe pedir pensão.

— Não estou brincando — ela disse.

— Tampouco eu — ele respondeu.

Espinosa já havia consultado um advogado no Rio, e este lhe dissera que só havia obrigação de dar pensão se o outro não tivesse condições de se sustentar. Não era o caso de Irma que estava, havia muitos anos, muito bem empregada. Mas ela ainda havia de chatear. Mulheres não gostam de um homem, cismam com o sujeito. Libido, uma vez investida, agarra-se ao objeto e dificilmente se desinveste (isso é mais ou menos Freud). Sobretudo quando a mulher foi abandonada, aí então é tormento para a vida inteira. São telefonemas diários, quando não ligam de madrugada, cartas anônimas, pedras nas janelas etc.

Livia não havia comentado, mas, naquela tarde, uma amiga iria jogar tarô para ela. Queria saber sobre seu futuro com Espinosa. Apesar de se sentir profundamente ligada a ele, achava que a relação não teria futuro, algo que pensava desde o início. Ele, um sujeito da ficção, e ela, uma mulher da realidade, dificilmente coincidiriam. Era o que ela iria conferir nas cartas do tarô. Que não mentem jamais, segundo sua amiga. Seria sua primeira experiência com o baralho do tarô. Estava um pouco excitada com o que iria ouvir. Curiosa mesmo. Não costumava recorrer a esses expedientes, mas a amiga queria lhe apresentar as cartas do tarô, que eram muito bonitas e certeiras. Segundo ela.

Às três da tarde, foi para a casa de sua amiga, um grande apartamento na Avenida Atlântica. De lá, ouvia-se o barulho do mar. Livia foi ver a vista enquanto a amiga acabava de se preparar.

A vista era muito bonita, mas a da enseada era mais bonita ainda porque era animada. Pouco depois, a amiga entrou na sala com o baralho nas mãos. Sentaram-se numa mesa de jogo próxima à janela. A moça tirou as cartas da embalagem e embaralhou-as enquanto conversava. Pediu então para Livia cortar o baralho três vezes, e foi desvirando as cartas. Depois de discorrer sobre platitudes, a amiga disse:

— Sinto muito dizer, Livia, mas você vai passar por um atentado. Sairá com vida, mas é algo violento.

Depois disso, a amiga disse outras coisas das quais Livia não se lembra. Saiu da casa da amiga com uma bomba na cabeça, nem se lembra de como fez o percurso de volta. A amiga ainda disse outras coisas, mas Livia não escutou mais nada. Sequer perguntou o que desejava saber, que era sobre a relação dela com Espinosa. Ficou atordoada com o que ouviu.

Logo ao entrar, tomou Novalgina em gotas e foi se deitar. Antes, passou pela cozinha e disse a Lina que não estava para ninguém.

— Só me chame se o edifício estiver pegando fogo — acrescentou.

Lina arregalou os olhos. Nunca ouvira a patroa falando daquele jeito.

"Que ideia, Suzy me assustar daquela maneira...", Livia pensou enquanto descia a persiana escurecendo o quarto.

42.

Dodô conversava com seus comparsas.

— Estamos no olho da rua. A mulher nos desempregou. Disse que assim que precisasse voltaria a nos chamar. Precisamos descolar outro trabalho. Não sei até quando ela vai nos pagar. Disse que trato é trato, mas, sei lá...

Nesse momento, um de seus companheiros disse:

— Está chegando um circo no Rio. Por que não nos oferecemos para trabalhar?

Dodô achou boa ideia, sempre sonhou em namorar uma bailarina do trapézio. Foi assim que eles e seus companheiros foram à Praça Tiradentes, onde o circo acabava de armar a lona.

Espinosa ligou para Livia e o celular estava desligado. Tentou mais tarde e não teve êxito. Partiu então para a casa dela. Quando chegou, Lina disse que tinha ordens de não chamar a patroa, mas, nesse instante, Livia apareceu atrás dela, dizendo que para ele, Espinosa, ela sempre estava.

— O que aconteceu? — ele perguntou.

— Enxaqueca — ela disse. — Mas já estou melhor. Sofro de enxaqueca há muitos anos; não há nada que faça passar...

— No fim de semana próximo teremos o circo. Você estará boa até lá? — Espinosa perguntou.

— Até o próximo fim de semana estarei boa pra outra... — ela disse.

Naquela noite, ficaram na casa dela conversando, ouvindo música; mais tarde, tomaram uma sopa de ervilhas acompanhada de torradas com manteiga. Livia então foi se deitar e Espinosa voltou para casa.

O final de semana chegou e combinaram todos de se encontrar em frente à delegacia, para seguir juntos em direção ao circo. Nicolas já tinha chegado com a namorada e os filhos quando Espinosa chegou com Livia. Espinosa pediu licença a eles e entrou na delegacia para destacar dois policiais, que ficariam de campana. Não saía mais sem ter quem lhe fizesse campana. Ficaram conversando, aguardando Lucas e a família, que não tardaram em chegar. Dividiram-se em dois táxis e rumaram para a Praça Tiradentes. Quando os táxis se aproximaram da praça, já se via a imensa lona armada, e uma grande movimentação em torno do circo. Dois elefantes estavam do lado de fora. Uma das crianças disse que os elefantes estavam fazendo xixi. Já havia pipoqueiro, o moço do tringuilim, o menino que vendia paco tinho de amendoim, a carrocinha de algodão doce, a moça vendendo maçã do amor... As crianças ficaram entusiasmadas, querendo tudo ao mesmo tempo. Espinosa e os policiais foram comprar os ingressos. Assistiriam ao circo das cadeiras que ficam próximas ao picadeiro, e não da arquibancada. Depois, com os ingressos nas mãos, foram satisfazer os pedidos da garotada. Pouco depois, estavam entregando os ingressos e entrando no circo. O mestre de cerimônias, paramentado, já era visto no centro do picadeiro. O circo enchia-se a olhos vistos. As crianças estavam excitadas, e os pais tentavam contê-las, quando um palhaço entrou em cena, seguido de outro. A gurizada riu, os adultos também. Depois veio o número da bailarina se equilibrando em cima dos pôneis. Em seguida, a mesma jovem apareceu com uma sombrinha atravessando uma corda bamba. Nesse momento, rufaram os tambores, e o mestre de cerimônias anunciou Dodô e suas facas amestradas. Ele vestia um colante brilhante, assim como seus companheiros, e começaram a fazer tiro ao alvo com as facas. Durante a apresentação, Espinosa percebera que Dodô os havia visto no circo. As facas voavam em direção ao alvo, quando, de súbito, uma delas escapou das mãos de Dodô e, em vez de ir para a frente, foi em direção ao público. Ouviu-se um *ohhh* geral.

43.

A faca cravou-se na perna de Livia, que, por pouco, não desmaiou. Nicolas saiu do circo e foi avisar *incontinenti* aos policiais que estavam fazendo campana. O espetáculo foi interrompido, mas a banda continuava a tocar. Os bandidos fugiram vestidos com roupas de cena. Espinosa ligou imediatamente para o hospital, solicitando uma ambulância. As crianças começaram a chorar.

Os pais se levantaram em direção à saída, à exceção de Espinosa e de Livia. Assim que a ambulância chegou, os enfermeiros entraram com uma maca e, céleres, puseram Livia sobre ela e foram às pressas para o hospital. Apesar do torniquete que Espinosa havia feito, ela havia perdido muito sangue. Logo que chegaram, e que ela foi examinada, o médico disse que tinha de operá-la com urgência. Espinosa ligou para a casa de Livia e pediu que Lina avisasse as filhas e netas dela.

Logo depois, todas apareceram no hospital, assustadas. Livia já fora levada para o centro de cirurgia. Sua filha médica foi para o centro cirúrgico. Voltou de lá dizendo que a cirurgia devia demorar, mas, segundo o médico, o corte não seccionara nenhum ligamento importante. Enquanto isso, na cidade, os policiais tentavam capturar os bandidos, cujas roupas brilhavam por onde passavam. Eles escapavam para todo lado. Despistaram os policiais várias vezes, para, em seguida, serem localizados. Hora e meia mais tarde, depois de uma perseguição intensa, Dodô e seu bando estavam sendo levados para a 12ª DP. Algemados.

Espinosa continuava no hospital, aguardando a volta de Livia da cirurgia. Uma hora depois, Nicolas apareceu. Havia levado os filhos e a namorada em casa, e depois voltou para fazer companhia a Espinosa. Contou para este que Dodô e seu bando haviam sido pegos e já estavam na 12ª DP. Nesse instante, o médico cirurgião fez uma breve aparição para trazer notícias de Livia. A cirurgia tinha acabado e, felizmente, o ferimento não havia rompido nenhum ligamento importante. Mas ela ficaria com uma grande cicatriz. Mais adiante poderia fazer cirurgia plástica. Espinosa ficou satisfeito. Esperou Livia voltar e acordar para deixá-la com as meninas. Livia tinha uma vaga ideia do que acontecera, lembrava apenas da dor intensa que sentira na perna. Espinosa contou em detalhes o ocorrido. Quando ela já estava bem acordada, deixou-a acompanhada das filhas e netas. Ficou de voltar mais tarde para dormir com ela. Espinosa saiu em companhia de Nicolas, enquanto este contava sobre a captura.

Era um sábado, duas horas da tarde, quando, depois de um almoço rápido em um restaurante por quilo perto do hospital, Espinosa deixou Livia acordada, acompanhada das filhas, e saiu para a última missão do caso Dodô. Estava acompanhado por Nicolas, que lhe faria campana. Nicolas já devia estar com a viatura em frente ao hospital Samaritano, aguardando Espinosa. Assim que este apareceu, Nicolas fez sinal, e Espinosa foi ao encontro dele na viatura. Os dois partiram em direção à casa da Lagoa. Ventava muito e o dia escurecera subitamente, sinal de que iria chover. A bem dizer, as calçadas estavam molhadas em alguns pontos. Sinal de que chovera na véspera. Estávamos no mês de janeiro, quando, como sabemos, as chuvas são rápidas e intensas.

Ao chegarem à casa da Lagoa saltaram, Espinosa, adiantando-se mostrou sua carteira de delegado para o segurança, e este abriu o portão imediatamente.

Nicolas ficou perto da banca do jornaleiro, enquanto Espinosa se endereçou para a varanda da casa, para esperar que Esmeralda aparecesse. Um gato passeava sobre o beiral da varanda. As folhagens do jardim movimentavam-se incessantemente. O segurança já devia ter anunciado a presença do delegado. De súbito, Esmeralda surgiu num vestido curto, leve e transparente, de onde sobressaíam os seios e as formidáveis pernas. Disse, surpresa:

— A que devo sua visita nesta manhã tão linda, delegado?... — Dando-se conta da escuridão do dia, disse: — O tempo mudou de repente, não é?

— Está mudando — ele disse.

— Veio me dar o prazer de almoçar comigo, delegado?... Gostaria de saber qual o seu prato predileto. Aqui temos uma cozinha gourmet e um chef à disposição...

— Já almocei, obrigado — ele disse.

— Por que está me olhando assim, delegado?...

— Você sabe do capital que tem como mulher, Esmeralda.

Nesse instante, aproximou-se dele, sedutora; Espinosa então puxou-a para junto de si e aproximou o rosto dela ao seu, como se fosse beijá-la, e, num gesto ágil, pôs os braços de Esmeralda para trás e algemou suas mãos.

O gato pulou do muro.

— Por que você fez isso? — ela perguntou.

— Porque sou um delegado — Espinosa disse, fazendo sinal para que o policial que dirigia a viatura viesse buscá-la.

Ela saiu gritando, com as mãos algemadas para trás, dando chutes no ar.

Nicolas foi ao encontro de Espinosa e os dois deixaram a casa da Lagoa.

— Tudo certo, delegado?

— Caso encerrado — declarou.

— Sabia que a Esmeralda era faxineira antes de se casar com o Menezes?... — disse Nicolas.

— Já ouvi essa história antes — disse Espinosa fitando o horizonte.